CZESLAW MILOSZ

米沃什诗集

III

故土追忆

[波兰] 切斯瓦夫·米沃什 著

杨德友 译

上海译文出版社

目 录

故土追忆（一九八六）..........1
 人间乐园 3
  一　夏天 3
  二　圆球 5
  三　天堂 6
  四　人间 8
  五　人间续集 9
 逐出乐园之后 10
 紧身胸衣的诱惑——扣钩 12
 安娜莱娜 19
 黄色自行车 21
 进入树里 22
 又一天 25
 冬季 27
 男孩 29
 萨勒姆市 31
 一九一三年 33
 黎明 35
 中午 36

一八八〇年返回克拉科夫 37

城市 39

准备 40

在不十分的真实之中 42

意识 43

祷告 49

乔姆斯基神父,多年之后 50

悟出 56

给伊格莱柯·载特的挽歌 57

安卡 60

神正论 61

餐桌 之一 62

餐桌 之二 63

我的 64

感激 65

七十岁的诗人 66

以一句话为家 68

纪事(一九八五至一九八七) 69

有一只猫的肖像 71

抹大拉的马利亚和我 73

骷髅 74

陶罐 75

万圣节前夜 77

这一个 78

忏悔 79

给扬·莱本斯坦因 80

和她同在 81

老妇人 83

天堂应该怎样 85

希腊咖啡馆 87

但是还有书籍 89

和妻子雅妮娜诀别 90

神 92

美丽的年代（一九一三）..........94

 西伯利亚大铁路 94

 乌拉尔山以东 97

 首演 100

 北方航线 101

 蝾螈 103

 清晰的头脑 104

 巴黎场景 106

 泰坦尼克号 107

惊恐之梦（一九一八）..........111

黄昏中的无篷马车（一九三〇）..........113

一九四五年 116

诗体讲座六次 118

 讲座一 118

 讲座二 121

 讲座三 123

 讲座四 125

 讲座五 127

 讲座六 129

彼岸（一九九一）..........131

- 铁匠作坊 133
- 亚当和夏娃 134
- 傍晚 135
- 创世 137
- 林奈 140
- 音乐 143
- 化身 144
- 阿努塞维奇先生 146
- 语文学 149
- 然而 151
- 在耶鲁大学 153
  - 一 谈话 153
  - 二 德·巴尔扎克先生 156
  - 三 特纳 157
  - 四 康斯泰伯 159
  - 五 柯罗 161
- 拜内克图书馆 163
- 蓟菜、荨麻 165
- 和解 166
- 长住之地 168
- 彼岸 169
- 阅读安娜·卡敏斯卡的笔记本 175
- 青年时代 176
- 共有 178
- 照片 179
- 持久的影子 183

二者必居其一 184

两首诗 188

  和让娜的谈话 189

  诗论世纪末 191

蜘蛛 195

很久以前很遥远 197

继承者 205

摘杏 207

沉思 209

沙滩 211

故地重游 214

无题 216

晚安 217

十二月一日 219

但丁 220

意义 222

卡佳 223

哲学家之家 225

故土追忆

(一九八六)

人间乐园

一 夏 天

在七月的阳光中她们带引我参观普拉多博物馆,
直接来到展出《人间乐园》的展厅,
是为我准备的。为的是我跑到它的水上
在那里畅游,从中认识自己的究竟。

二十世纪正在走向自己的终点,
我像琥珀里的苍蝇被关闭在里面。
我老了,但是鼻孔还渴望新的芬芳。
通过我的五官我感受到了大地里
有人引导着我、我们的情人和姐妹。

她们迈步何等轻盈!长腿着长裤,不是拖曳的长裙,

脚上是凉鞋,而不是半长靴,
秀发也没有用玳瑁发卡扎拢。

还是她们,在月神指导下更新,
在合唱队里,歌颂贵妇维纳斯。

她们的手触摸我的手,优雅走过
就像在清晨、在世界开创的时刻。

二　圆　球

在一个透明圆球的中心,
上面是天父上帝,不高大,胡子修剪整齐,
安坐着手拿一本书,有乌云包围。
他朗读咒文,万物即刻造出。
大地刚一出现,立即长出草木。
绿色的山丘提供给了我们,
敞开的雾团投下的光线也赠给我们。
谁的手拿着这个圆球? 肯定是圣子。
整个人间都在其中,天堂和地狱在内。

三　天　堂

在我的天宫巨蟹之下,粉红色的喷泉
喷发出四股水流,四条大河的源泉,
但是我对它并不信赖。我体验到,
这不是好运的宫位,我们都厌烦
螃蟹活动的钳子,和海底
石灰质的坟墓。难道这竟是
生命的源泉?有锯齿的,锐利如刀,
发出纯清颜色的诱惑。下面设置的是
涂敷粘胶的玻璃陷阱,在鸟雀立足的地方。
一头白色大象,一只白色长颈鹿,白色犀牛,
池塘中黑色的动物;一只狮子撕食一只小鹿。
一只猫嘴里叼着一只老鼠。一只三头的蝾螈,
一只三头的朱鹭,它们的意义不明。
或者两条腿的狗,大概是凶兆。
亚当坐着十分惊奇。他的双脚
触及基督的一只脚;基督带来夏娃
左手拉着她的手,举起右手
两个指头,像教导者。夏娃低眉垂目。
她是谁,《诗篇》里那受到爱戴的女人

是谁？这是智慧索菲娅，
诱惑者,母亲和会众？
他创造了她,她生育了他？
在岁月和世纪开始之前
他从何处得到人的形体？
人形的,在开始之前已经存在？
他建造了天堂,但是不完美,
为了让她摘下苹果,她,神秘的她,
亚当看着她,不能理解。

我是他们二人,二者。我吃了
知识树上的果子。被天使长利剑驱逐。
夜间我感觉出她的脉搏。她是平凡的造物。
此后我们一直把真正的地方寻求。

四 人 间

乘鸟雀飞行,感受座下羽毛柔软,
这是金翅雀、金黄鹂、王鱼,
或者用马刺催赶雄狮、独角兽、花豹,
它们的毛皮拂动着我们的裸体,
我们在流动的生命水域环行,
水域是明镜,从中涌出一男一女的头部,
或者是海妖的一条臂膀,或者其圆润的胸部。
这里每天都是采集浆果的日子。
我们俩狂吃比人还大的草莓,
吸吮浆汁,如同甘美的佳酿,
赞美殷红色和朱红色
就像圣诞树上挂满的玩具。
这些果园里我们人很多,成群结队,
彼此酷似,我们大胆相爱
甜蜜,没有尺度,像捉迷藏。
我们都深藏在花卉冠冕当中
或者藏在透明、荧光的泡泡里面。
同时天空充满多重的月色标记,
准备行星炼金术士意味的婚礼。

五　人间续集

这个人间的万物都不可理解,
水有诱惑力。水果有诱惑力。
不用说女娃的两个乳房和长头发的美丽。
玫瑰红色、朱红色、水池的颜色——
只有维尔诺城下绿湖才有的颜色。
不可胜数的繁多造物云集,聚会,
在树皮的隙缝里,在望远镜目镜里,
为了赤裸的婚礼,
为了眼睛的闪动,甜美的舞蹈
在空气、海洋、大地、地下洞穴等等元素,
为了在短暂的时间里没有死亡
时间不像投入深渊的线团
展开飘散。

逐出乐园之后

不用再跑了。一片寂静。雨下得多么柔软
落在这个城市的屋顶。一切都是
完美。现在,对于你们二人
正在阁楼窗下皇家卧榻上苏醒。
对于男人和女人。或者对于一棵
分成彼此怀想的雄性和雌性的植物。
是的,这是我的礼物。在灰烬上方。
在苦涩的、苦涩的大地。在呼吁和
誓言之地下回声的上方。愿你们
在黎明时候注意:头部互相靠近,
梳子拿在手里,两张脸在镜中
只有一次,保持到永远。不一定记入记忆。
愿你们注视现存的一切,虽然它在消退,
每个时刻都为每种存在充满感激。
这个小花园,大理石浅绿色小胸像
在珍珠光辉当中,迎着夏日的细雨,

在你们推开屋门的时候,依然留在那里。
还有油漆脱落的大门排列的一条街,
你们这样的爱情突然把它改变。

紧身胸衣的诱惑——扣钩

在一个大城市里,在大街上,清晨。百叶窗和大帐篷打开,洒过水的人行道石块,脚步的回声,有斑点的树皮。我的二十世纪正在开始,他们,男人和女人,在行走;二十世纪正在结束,他们还在行走,不是原来那些人,但是依然是那种皮鞋后跟和高跟鞋的嘚嘚声。一成不变地分为男性和女性、老年与青年的秩序,依然如故,绝无略减,虽然一度生活过的人不复存在。我在喜悦中吸进空气,因为我是他们的一员,肉体和他们同一,但是同时意识到了那些可能没有完全逝去的人们。我取代了他们具有不同的却是自己的名字,因为五感是我们共同的,我现在行走,也将被后人取代。死亡和时间不会触及我们,孩童时期,我和夏娃在一个幼儿园,一个沙箱中,一张床上,互相拥抱,享受爱情,说出海誓山盟的话,吐出永恒极乐的叹息。远方开阔,上面是闪烁的机械,下面是地下铁道的隆隆声。我们身穿天下的美服,银色头饰,紧身衣,仿制毛皮,穿山甲皮革、鸟类皮革。用眼睛吸收花店里的物品,听取人们言谈的话语声,感觉到刚才品尝的咖啡的香气。在路过一家家公寓窗户的时候,我设想出他们的故事和我的类似,提起臂肘,对镜梳头。我自己分身,同时分别入驻他们每一个心中,因而我的短暂时间对我无计可施。

※

题　词

"他出发了！观看奔流的活力河水,宏伟而明亮。他欣赏大都会永恒之美和生活的惊人和谐；在人类自由带来的混杂中细心地保存了这样的和谐。他观赏大城市的景色,受到迷雾爱抚和阳光暴晒的景色。他赏识华丽的马车、骄傲的马匹,马夫的整洁、脚夫的麻利,波浪起伏的女人之美,享受幸福生活、衣装体面的儿童；一言以蔽之,普遍的生活。某种时尚,服装的剪裁样式的些许变化,一种帽章取代了扎结的丝带或者扣钩,女帽变得更大,假髻垂到颈背,腰线上升、裙子变得简约——如果这样的话,无疑他的鹰眼都会立即发现,即使是在很远的距离之外。一个团行军走过,也许是走在通往世界尽头的路上,往空中释放出震撼人心的音乐,清亮有如希望：于是C.G.先生已经看见、检验、分析那支军队的武器、步态和状貌。肩带、金属装饰、音乐、决断的目光、沉重而死板的胡子,全都杂乱投进他的目光；可是在几分钟以后,由此而来的一首诗就会写出来。他的心灵开始和那支军队一起生活,军队像一只动物似的正步前进,一个自豪的、服从命令的喜悦形象！

"但是,夜晚来临。天幕拉开,城市灯光亮起,这是一个怪异的、意义模糊的时分。煤气灯在夕阳的橘红色上面形成一个斑点。无论诚实与否,合理还是疯狂,人们自忖：'白日终于过去了！'聪明人和玩世不恭的人都想到娱乐,人人都跑到一个首选的地方,喝一杯忘忧之酒。C.G.先生在亮光依然闪耀之处、诗歌发出反响之处、生命活跃之处、音乐震荡之处逗留到最后；无论一个人在哪里为他的眼睛摆出姿势，无论一个自然人和一个习俗之人在哪里显示出一种奇异之美，无论太阳在哪里目睹一个被剥夺权利的动物享受仓促中的乐趣。"

——夏尔·波德莱尔《康斯坦丁·居伊，现代生活画家》

※

我正在进行一个重要的任务，全力以赴，因而豁免了逃避社会责任的指责。在拉丁区，在一九〇〇年新年钟声响起的时候，我正在居查街上坡的人行道上行走。有一只戴手套的手掌拉着我的手臂，头上油汽灯里煤气嗡嗡的声响。她已经化为灰烬的躯体对于我来说依然是梦寐以求的，就像对于另外那个男人一样，如果说我在梦中触摸了她，她也绝不会说是什么时候死去的。在一个伟大的发现即将取得的时候，我几乎进入了**个别**转化为**一般**和**一般**转化为**个别**——的秘密。在我帮助她解开胸衣扣钩的瞬间，我要赋予这一瞬间哲学的意义。

※

题　词

"她喜欢维也纳时装，十分朴素，但是配有簌簌作响塔夫绸的衬里，一副不常用的夹鼻眼镜挂在镶了小珍珠的长链上，手镯上有坠子。动作很缓慢，有点装模作样，伸出手让人亲吻，姿势讲究，稳重之下大概隐藏了全家人特有的怯懦心理。她的珠宝、香烟盒和香水都具有个人性的、讲究的趣味标记。她的文学爱好有相当的革命性和进步性。她比莱拉更真诚活泼,对阅读感兴趣,但是实际上,书籍不过扮演了她服装附加品的角色,无异于大檐帽和遮阳伞。伊霞姑姑首先向多罗舍维奇一家介绍了当时流行的作家泰特马耶尔,后来从意大利带来了吉兰达约和波提切利绘画照片,谈论早期文艺复兴的绘画流派,最后表示喜爱普舍彼舍夫斯基及其风格,常常说:'你想要白孔雀吗?我给你白孔雀。你想要紫水晶吗?我给你紫水晶。'"

——雅妮娜·茹乌托夫斯卡《过往的时代,不同的人》
(*Inne czasy, inni ludzie*)
阿尔玛图书公司,伦敦,一九五九年,页三十八。

※

窸窸窣窣的塔夫绸,夕阳西下,普雷贝特河畔公园。
一群人出发到两旁种满鲜花林荫路散步。
到处飘散烟草、夹竹桃和木樨的芬芳。
深沉的寂静,上涨的水面是不见一物,空旷。
此时仆人正准备晚餐,摆好灯盏,
餐厅窗户照亮外面草地上的龙舌兰。

莱拉、玛丽什卡、索菲尼塔!莱尼亚,
斯泰尼亚、伊霞、丽尔卡!
我竟然不能够和你们谈话
不能使用我的语言,这语言
没有文绉绉到难以理解

或者变成餐桌上轻声细语,
这语言严肃而准确,竭力拥抱
艰难的生活;却不能在此使用?

我在踱步。人世难解。穿狩猎服装。
来到我们的森林和房屋、庄园,
他们用冷菜汤招待,我心不在焉
不注意这个世纪末的诸多问题。
它们都涉及真实:真实从何而来?在哪里?
我不开言,正在吃鸡块和黄瓜凉菜。

美丽的多遭到诱拐,不顾意愿和罪过,
意识不断地搅扰我,就像我的沉默。
我一直在收集想象和理念,
学会旅行赴旧地访问。
但是从出生到消失之间的时刻
多不胜数,贫瘠的语言难以尽述。

成行成列的野鸭飞过共和国的水域,
露珠落下,按照波兰的礼仪
模仿的都是华沙还有维也纳仪式。
乘独木舟过河到达村庄的一侧,
听见了犬吠和东正教教堂的钟声。

我要告诉你们什么?我寻求的都没有找到:
赤身和你们在尘世的牧场聚会
在暂停的时间之无尽的光辉之下,

没有束缚我就像曾束缚你们那样的形式。

看到了未来。预言家。在一个柔和、宽恕的夜晚。
蒺藜长满修剪过的花园的小径上
一条纤细的金链挂在雪白的脖子上，
和对于你们大家的记忆一起，他即将离去。

※

题　词

"在乌克兰，有几百个大小不同的公园经历了共和国及其贵族的衰落，但得以保存下来，随处可见的古树、草坪和装饰用的树篱，见证了贵族曾经在场。有一次，在东喀尔巴阡山脉离开最近居民点一天行程的偏僻谷地里，我注意到了榛子树丛中有十九世纪初期特有的这种装饰树篱。我拨开树莓和藤蔓，找到了几块古老的石材和砖头。甚至在最大的荒原中，伴随了这些居民的也有古老共和国时期人们对园艺的强烈爱好。"

——耶日·斯坦波夫斯基（帕维尔·霍斯托维茨）
《在第聂伯河谷地》(*W dolinie Dniestru*)

实在说，我想告诉他们什么呢？想说：我不辞劳苦，想要超越我的地点和时代，寻找真实。工作做完了（值得赞扬吗？），一生是充实的，却命定充满悲伤。现在我感觉自己像是这样的一个人：幻想自己就是自己，但其实只是服从于某种风格。就是这样，即使是另外又一种服从。"你想要白孔雀吗？我给你白孔雀。"把我们连结起来的可能是我们仅有的共同之点：在超时间的花园里的同样的裸体，但是时刻都很短促，所以我觉得，我们不顾及时间，互相拉起手来。我也喝酒，摇头，说："人的所感和所思，是表达不出来的。"

安娜莱娜

> 从前,有时候我亲吻镜子里自己的面容;因为安娜莱娜的双手、嘴唇和泪水曾经接触过这个面容,我觉得我的面容具有神性的美,似乎映射出天堂里的甘醇。
> ——奥斯卡·米沃什《爱情的起始》

我曾喜爱你的天鹅绒的私处,安娜莱娜,在你双腿三角洲的长距离旅途。

在河水中逆流而上奔向你跳动的心灵,穿过越来越野性的激流,里面饱蘸了堇草花和黑色水草的闪亮。

我们两个人猛烈、得意的笑声,在午夜急速穿衣,要向上攀登城镇高处的石梯。

因为惊奇和寂静而压抑呼吸,台阶的石头破损,大教堂门廊宏伟。

教区长住宅后门外是碎砖与杂草,在黑暗中触摸到院墙粗糙的扶壁。

后来从桥面往下凝望花园,月光下每棵树都有座椅,幽暗的桦树内部传来的水力轮机的声音。

我们向谁陈述大地发生的事情,为谁处处放置明镜,希望明镜充满形象,而且永远如此?

我们永远犹疑这是不是你,安娜莱娜,和我,还是童话中釉彩的小牌子上面一对无名的情人。

伯克利　一九六七

黄色自行车

我问她想要什么,
她说:"一辆黄色自行车。"
——罗伯特·哈斯

我亲爱的,我们尽情移动舞步的时候,
把车停在一旁,离那里不远有一辆黄色自行车靠在树边,
我们移动舞步进入花园的大门,
北面的花园,那里有很多露水和歌唱的鸟雀,
我们的记忆像儿童,只保存我们需要的:
昨天的早晨和晚间,不会更远。
但是我们回忆起一个姑娘,她就有这样的自行车,
对自行车还有温柔关怀的话说出。
在方形保护树篱之间有花坛
我们在那里看见一个小雕像和雕刻着名字的小石板。
我们沿台阶下行走向湖边
这片湖像是来自一段旧民谣,
平静,在云杉森林半岛之间。
于是人的共同回忆又来访问我们。

进入树里

于是把他赶出去了。又在伊甸园的东边安设基路伯和四面转动发火焰的剑,要把守生命树的道路。
——《圣经·创世记》3:24

他抬头一看,说:"我看见人了。他们好像树木,并且行走。"
——《圣经·马可福音》8:24

善良的斯维登堡对我们说,树木是人的近亲。
它的枝条像臂膀一样互相抱紧。
树木实际上是我们的父母,
我们始于橡树,也许希腊人说,始于梣木。

我们的唇舌品味树木结出的鲜果,
妇女的乳房被叫做苹果和石榴。
我们对子宫的爱就像树木之于大地阴暗的地下。
因此最渴望的事物孕育在一棵树里
而智慧寻求接触它那粗糙的树皮。

新耶路撒冷的仆人说：我得知
亚当在天堂果园里，或曰人类的黄金时代
表明在前亚当人之后生活的世代人类
遭受了不正当的轻蔑。他们都很和蔼
彼此诚恳相待，未开化却不似野兽，
在鲜果和泉水的沃野里幸福愉快。

亚当按照形象和相貌被创造，
表现了遮蔽精神的乌云被分开。
而夏娃为什么是从亚当肋骨取出来？
——因为肋骨靠近心脏，心是一己之爱的别称，
亚当认识夏娃，在她身上爱他自己。

在他们二人上面是那棵树。给出绿荫的树木。

瑞典皇家矿业委员会顾问在其著作《论婚爱》中谈到此事：

"生命之树意指从上帝得到生命的人，或者活在人之中的上帝；因为爱和智慧，或者慈善与信仰，或者善与真在人身上构成上帝的生命，这一切就体现为生命之树，因而有了人的永恒生命……但是科学之树意指人相信人从自己而非上帝那里得到生命；因此爱和智慧，或者慈悲与信仰，或者善与真，都是来自自己而非上帝；他相信这一点，因为他思考、有意志、言说和行动，全都酷似他自己的面貌。"

自爱提供苹果，黄金时代结束。

其后是白银时代。青铜时代。黑铁时代。

一个儿童睁开眼睛,第一次看到一棵树。
所以我们觉得人像是行走的树木。

又一天

对于善与恶的分辨寓于血液的流动之中。
寓于儿童依偎母亲,因为母亲是安全和温暖。
寓于我们儿时在夜间感到的恐惧、面对野兽爪牙
和黑暗房间感到的惧怕,
寓于儿童时期愉快的完结、青年情爱的沉湎之中。

我们是否因为这样的理念起源平凡而不相信它?
或者要断言善在于生者的一边?
而恶在埋伏起来以吞噬我们的毁灭的一边?
是的,善和生存有亲缘,虚无是恶的反射镜。
善是明亮,恶是黑暗,善在高处,恶是下流——
依据我们躯体、我们语言的本性。

美也是如此。它没有权利存在。
不仅没有任何的理由,而且有论据加以反对。
但是它毫无疑问存在,而且和丑有天壤之别。

鸟儿迎接黎明,在窗外鸣啭,
投入室内的光线在地板上闪现,
波纹状地平线上桃红色天空和深蓝色山峦接触,
一棵树似的建筑,一根戴绿色冠冕的立柱。

这是千百年来的召唤,一如今天,
似乎再有一刻,这神秘就突然展现,
老艺术家心想他一生都在学艺,
再过一天就进入精髓、花朵的蕊心。

善虽然弱势,美却强力坚韧。
虚无延展,把广阔生存化为灰烬,
化装成模拟生存的颜色和形状
如果不是因为它丑陋,则无人识破。

如果人们不再相信善与恶并存,
只有美召唤他们、拯救他们,
因此他们依然会说:这是真实,那是虚假。

冬　季

加利福尼亚州冬季强烈的气息，
到处是灰色和玫瑰色，几乎是透明的满月。
我给壁炉添加木柴，喝小酒，思绪飘来。

刚刚阅读了新闻消息：
"雷姆凯维奇，诗人，在伊瓦瓦大行归西，
享年七十。"
他是我们一群人里最年轻的，我有点小看他，
就像小看其他人，因为他们思想肤浅
虽然在很多美德方面，我还比不了他们。

我在这里，这个世纪和我的一生
正在接近终点。对于自己的力量虽然自豪，
却因为观点的明确而感到困窘。

混杂了鲜血的先锋派。
无法索解的艺术品的灰烬。

混乱的杂烩。

我对此做出判断。自己却有标记。
这不是有正义感和尊严的人士的世纪。
我知道怎么制造恶魔,
在其中识别出自己。

月亮。雷姆凯维奇。松树枝桠的火光。
水快没过我们,姓名只留存一瞬。
是否留在后代人记忆之中无关轻重。
带着猎犬狩猎这世界奇妙的意义,世人不可及,
多么宏伟。

现在我准备好远行
在死亡边界后面太阳升起的时候。
我已经看到天堂森林里的山峦
在那里每种实质后面呈现出新的实质。

我垂暮之年的音乐,我受到
越来越完美的声音和色彩的召唤。

壁炉柴火,不要熄灭。你进入我的梦境,爱情。
大地的青春季节,你要保持长盛。

伯克利 一九八四

男　孩

你站在一大块石头上投出鱼线,
闪亮的水花围绕你一双赤脚,
这是故乡的河流,长满睡莲。
你是谁,凝望浮标,倾听着回声,划桨拍水击打的声音?
少爷,你身上有什么标记,
现在你痛感自己与众不同,
并怀有一种向往:要和他人一样。
我知道你的经历,知道你的未来。
穿上吉卜赛女郎服装,我会来到河畔,
给你算命:名震天下,无尽财产。
但是只字不谈付出何等代价:
富人不愿对嫉妒者们坦言承认。
有一事可确认:你身上有两个天性。
一面是悭吝、谨慎,另一面是慷慨,
你会费长时间协调这二者,
直到你的作品逐渐淘汰

只有偶得的馈赠,
还有心胸宽阔的、忘我的给予,
不要丰碑、传记和世人的记忆。

萨勒姆市

现在你得承认有罪过,
细察自己阴暗的真实。
奖状、荣誉证书、羊皮纸,
我在哈佛大学的讲座,
普通人用你们的语言呼喊。

我退回到自己的中心点,
来到维尔诺的绿桥。
我从路易斯安那寄出的明信片,
一位老妇人收到、阅读。
我和她都为命运哀叹。

多年来美梦长存,
但愿这对于你来说
算是安慰。可能存在的东西,
都会消亡,回声也要沉默。
损失不可挽回。

能够感知、触摸的一切
逃避语言的艺术和理解。
这样的命运早来到我身边，
为的是让我回到阴影的国度，
在港口街和闸瓦街拐角。

在萨勒姆我参观了女巫之家，
我的一生好像是短暂一瞬间，
在团团沥青火焰的黑烟之间
在忘川流过或者圣诞节前夜度过。
在这里人人都把名字忘记。

一九一三年

秋收之后我立即旅行前往意大利。
一九一三年,迈高米克收割机第一次
在我们的田野里开动,
留下的庄稼残梗很不一样
不同于小镰刀和割草大镰刀的工作。
我的管家姚塞尔和我乘同列火车
但是坐三等车厢,去哥罗德诺探亲。
我在哥罗德诺铁路餐厅晚餐,
餐桌很长,有橡胶做的花草装饰,
列车蜿蜒开出阿尔卑斯山关口的时刻,
让我回忆起涅曼河上的高桥。
经过水面时候我醒来,
珍珠色礁湖映出灰蓝色光辉,
在这样的城镇旅客常忘记自己是谁。
在忘川水域我望见了未来。
这是我们的世纪?在另一个大陆,
我和姚塞尔的孙子坐在一起

谈论诗人朋友。我又重生
再度年轻,和已往的我没什么不同。
时装多么奇怪,街道多么陌生,
我自己知道却什么也说不清,
因为还不能从中给生者说明。
我闭上眼睛,脸庞迎着阳光
在这里,圣马可广场,啜饮咖啡、品尝。

伯克利　一九八二

黎 明

啊,能够延续多好。我们多么需要延续。
太阳升起之前天空饱蘸了光线。
建筑物、桥梁和塞纳河都有玫瑰色轻微渲染。
我曾在这里,此刻和我一起行走的她当时还未出生,
远处平原上的城市还保存完好,
还没有和墓砖一起爆炸飞向空中,
住在那里的人们一点也不知道。
只有这黎明的瞬间对我才是真实。
过往的生活像以往的我,难以确认。
我要向城市施下咒语请求它延续下去。

中 午

在山上一个旅馆,高居在栗子树丰厚的浓绿色上面,
我们三个人坐在桌子旁边,靠近一个意大利人家庭,
上方是层层的松树林。
近处有一个小姑娘从一口井里汲水。
空间开阔,飘来燕子阵阵的叫声。
噢——噢,我心里也悠然唱起一支歌。
多美好的中午,它再也不会重复。
因为现在我和她、和她坐在一起,
往日生活各个时期都在此重合,
一壶美酒放在桌子上,桌布有花格。
这个岛屿的花岗岩有海水刷洗。
两个女人的欣悦和我的欣悦汇合为一
科西嘉夏日的树脂气息和我们同在。

一八八〇年返回克拉科夫

这样,我从宏大的首都回到这里,
大教堂山丘下狭长谷地中一个小镇,
山丘有列王的坟墓。塔楼下面有市场,
喇叭尖厉的声响宣告中午的时刻,
声响骤然中止,因为鞑靼人的利箭射中号手。
鸽子飞翔。女人头巾艳丽,出售鲜花。
三五成群的人在教堂哥特式廊柱下闲谈。
我的书箱到达,不再起运。
我辛劳的一生,我知道过完了,
记忆中的脸比在银版照相上更苍白。
我不必每天早晨写备忘录和书信,
有他人代笔,总是满怀着同样的希望,
都知道没有意义,却为它贡献出一生。
我的国家依然如故,几个大帝国的后院,
做着外省的白日梦自找屈辱。
早晨我拄着拐棍出去散步:
老年人的地方换了一批新的老年人,

过去少女走过、裙子沙沙声响的地方，
另有其他的少女行走，为一己美貌而骄傲。
孩子们滚铁环超过了半个世纪。
地下室里一个鞋匠从坐凳上仰望，
一个驼背从我身旁过去，心里悲怨不止，
一个妇人肥胖，七宗罪的形象。
大地就这样延续，在每件小事当中
在人的生活当中，只去不返。
这对我是一个解脱。是赢，还是输？
为了什么，反正世界会忘记我们。

城　市

城市在花簇当中欢笑,
很快都会结束:一种时尚、一个阶段、这个时代、生活。
最终瓦解的惊骇和甜蜜,
让第一批炸弹落下,绝不延期。

准　备

又经过一年的准备时间。
明天我要坐下写作伟大的作品,
二十世纪将出现其中,真实不掺假。
太阳将要升起,照耀义人和不义之人,
春天和秋天依次往来,丝毫不爽,
画眉在潮湿的灌木丛筑造巢穴
狐狸即将学会狐狸的技艺。

就是这些。补充说明的是:大军
奔驰穿过冰天雪地的荒原,发出诅咒
像多声部大合唱;坦克的炮管
在街角越变越大;黄昏时分
开进集中营的瞭望塔和铁丝网之间。

不,明天不会发生。在五年、十年之后。
我依然频繁想到母亲的劳累
思考女人生出的是什么人。

他蜷缩成一团,保护头部,
因为加重的皮靴猛踢;身上着火、奔跑,
他燃烧发出亮光;推土机把他推进巨大泥坑。
她的孩子。抱着玩具小熊。孕育在极乐中。

我还是学不会妥帖叙事,平心静气。
愤怒和恻隐,都妨碍风格的均衡。

在不十分的真实之中*

在不十分的真实之中
还有不十分的艺术
不十分的法律
不十分的科学

在不十分的天空之下
在不十分的大地上
不十分无辜的人们
不十分堕落的人们

伯克利　一九八四

---

*　原作无标题,现取首句为题。

意　识

一

意识围起了新罕布什尔州每一棵桦树
和森林,在五月,森林都被绿色薄雾笼罩。
其中有无数人的面容,行星的轨迹,
往事和对未来的预测。
不必信赖他人,要自己从那里慢慢抓取语言能够
表述的一切,虽然语言的能力微弱。

二

对于生者火热的土地来说它陌生而无用。
树叶岁岁更新,鸟雀交配而无需
它的帮助。河岸上有两个人
躯体越靠越近,受到无名力量的吸引。

三

我想,我在这里,在这大地上,
要写一篇关于大地的报告,却不知给谁。
似乎我受命而来,因为这里发生的事
有某种意义,因而会变成记忆。

四

胖与瘦、老人与青年、男人和女人
带着手提包和皮箱,挤满了飞机场的走廊。
我忽然感觉,写作变得不可能,
这是某一张挂毯的背面,
它后面还有另外一张来说明一切。

五

现在,不是在其他时期,在这里,在美国
我尝试从许多事物中筛选出对我最重要的。
我既不沉溺其中,也不无由自责。

一个男孩受到折磨,他想要变得和蔼可亲
为此浪费了不少年的光阴。

面对告解室格栅低语的羞怯,
格栅后面是沉重的呼吸和发热的耳垂。

圣体匣解下标准的外袍,
一个小太阳周围有雕刻出来的光辉。

家庭和仆人在五月之夜的祈祷,
对马利亚的连祷,
造物主的母亲。

我,意识,包含了铜管军乐队,
大胡子兵吹奏,为了举扬圣饼的仪式。

复活节之夜滑膛枪射击的枪声,
清冷的早霞几乎还未变红。

我欣赏艳丽服装和装扮,
虽然绘画中的耶稣都不真实。

我有时候信教,有时候不信教,
和其他像我一样的人一起祷告。

在金碧辉煌的巴洛克式檐口的迷宫中,
我一路试探,受到主的圣徒召唤。

我到过神奇的地方朝拜,
那里有泉水突然从岩石里迸发而出。

我进入我们共同的脆弱和幼稚
这是我们人类儿女的特质。

我忠实地保持在大教堂的祷告:
耶稣基督,圣子,我是罪人,请赐予开导。

六

我,意识,起始于皮肤,
光滑的皮肤,或者长了浓密的汗毛。
树皮似的脸面,阴部的小山,大腿
都是我的,却不是我独有。
而在同一时刻,另外一个意识,他或者她,
正细心打量自己在镜子里的形体,
知道是自己的,却又不是自己独有。

我触摸镜子里的一个躯体,
是否也在触摸每一个躯体、探索他人的意识?

也许根本不是,因为他人的意识不可企及,
以严格的自己的方式认知?

七

她说,你永远不会知道我的感觉。
因为你充满我头脑,自己没有充满。

八

狗躯体的温热,狗性的实质不可认知。

但是我们感觉到了。在那伸出的湿淋淋的舌头里,
在眼睛忧郁的柔软天鹅绒里,
毛皮的气味与我们不同,却有亲缘关系。
于是我们的人性变得更明显,
共同的,脉动的,垂涎的,毛茸茸的,
虽然对于狗来说我们都像众神
消失在理性的水晶宫殿之中,
忙于超出理解范围的活动。

我愿意相信,我们上方的力量
从事我们不可企及的行动
却偶尔也触及我们的面颊和头发
因而他们自己感觉到了这可怜的躯体和血液。

九

每一种礼仪,都是人类令人惊愕的安排。
他们身着衣装行动,衣装比他们经久,
手势在空中凝固,由后来者填充。

逝者使用过的词语,依然继续使用。
好色之徒,猜测纺织品下面长黑毛的三角区域
注意织物或丝绸下面的突兀。
他们忠实于礼仪,因为有别于他们的本性,
礼仪超越他们,超越他们黏膜的温热,
在灵与肉之间不可理解的边界线上。

十

当然,我没有揭示我真实的思想。
为什么要揭示?为了造成更多的误解?
揭示,给谁听?一代代的人出生,成长
需要很长的停顿,不想听未来的事。
不过我一事也不回避。一生都是这样。
既然知道,就不能回避。还必须承认其中的道理。
未来遥远的生活和他们毫无干系,
后代人的艰难困苦非他们关心所在。

马萨诸塞州剑桥 一九八二

祷 告

你问我怎样为不在场的人祷告。
我只知道,祷告建造天鹅绒之桥
走在这桥上像在空中,像在一块跳板上,
下方是金醇色的景色,
因阳光神奇的滞留而变样。
这座桥梁通往反向之岸,
那里一切都相反,"存在"这个词
展示我们几乎没有预先领悟的意义。
注意我说的是"我们"。在那里每个人
都感觉到对于化为肉体的他人的同情,
还知道,即使没有另外的一岸,
我们也会走上空中桥梁。

马萨诸塞州剑桥　一九八二

乔姆斯基神父,多年之后

乔姆斯基神父,维多泰教区主教,
高龄九十七岁逝世,到临终都为
教区教众操心,因为后继无人。

我是他往昔的学生,在太平洋岸边
把《启示录》从希腊文译成波兰文,
认定这正是做此事的好季节。

他们得从两侧托起他的双手
当他在祭坛上举起圣饼和酒。

他曾经被帝国的爪牙猛打
因为他不愿意对世界鞠躬行礼。

而我,我没有鞠躬吗?虚无的大灵,
这个世界的君主,自有他的办法。

我不愿意为他效劳。我工作
是为了拖延他取得的胜利。

为了上帝和他天使般的大众在一起欢欣,
上帝是全能的,但行动迟缓。

在大战中他每天被击败
在教堂里不现出痕迹。

在学校小教堂我对上帝表示忠诚,
乔姆斯基神父蹑足走近吹灭蜡烛。

我未能把上帝和我血液的节奏分开
感到某种错谬,要在祷告中超越。

我不虔诚,耽于肉体,
受到召唤加入狄俄尼索斯的舞蹈。

不顺从、有好奇心、迈开走向地狱第一步,
容易受到最新理念的诱惑。

处处听闻:要体验、要感受、
要大胆、摆脱醉酒和罪恶感。

我想要吸收一切、理解一切、
连黑暗对我也有魔力。

我辛劳是为了反抗世界
或者不知道我曾和它同在,属于它?

是否帮助过当权者用他的铁蹄
践踏不配享有更好命运的土地?

※

但是,并非如此,我犯罪的共谋
乐园中苹果树下的夏娃。

我爱你的胸部、腹部和嘴唇,
怎么理解你是他人又是你自己?

突兀与凹陷曲线互补,
感觉和思想是否也这样?

我们的眼睛都能看见,耳朵都能听见,
我们的碰触创造又毁灭了同一个世界。

不是一,一分为二,不是二,合二为一,
我是第二个,为此才能意识到自己。

和你一起吃知识树上的果实,
沿曲折道路穿越沙漠。

※

在曲折道路上,可以看到下面崛起的和陷落的城市、起伏街道的幻景、狩猎小羚羊的猎人、溪流边田园的景色、在耕地上午后休息的犁具;许多事物,变化多样,空中有横笛和长笛的音乐,语声的召唤,曾经存在过的语声。弯曲的道路,千百年,但是,我能够放弃我所获得的一切吗?——信息、知识、永远未竟的目标的追求?即使这一目标,我很长一段时间一无所知,注定要化为笑柄也罢。放弃、隔绝、封闭视觉、听觉和触觉,以此方式获得自由,从而不再惧怕属于我们的东西被夺走——决不,这样的事我决不接受。

※

我坐下,为自我辩护而写作,
追忆往昔的、没有淡忘的旧事是我的证人。

在彩色玻璃的深红色中,在石刻边缘中,
在魔术和炼金术深重金色书法中,

在有童话般的陆地闪烁的地图中,
在银河环绕的星球之中。

在瀑布边的水磨巨轮轮辐中,
在芦笛声中,在厚重金丝布料帷幕中,

那是我的房子,我的栖身之地,
我的出埃及事,

走出宇宙的不可企及境地。

※

我的所有,就是我双手的灵巧。我是 homo faber——独创者、制造者、编造者、建设者。我上面的天空太大,它用数量无限的恒星剥夺了我的特性。而向前又向后无限伸展的时间的线条则吞噬了我生命享有的短促瞬间。我用斧头砍一段木头,突然看到断成两段的木头里面的白茬;我用凿子凿开层层的梨木,或者在不褪色的硬纸上画出 Ledum palustre① 或者 Gnaphalum uliginosum②,或者根据秘方制备灵丹妙药,这时候,宇宙之龙,不可遏止的星系自转的伟大的埃及,都不能控制我,因为我受到厄洛斯的指引和保护,我所做的一切,都会变得无限大,在我面前,此时,此地。

※

这样,无论你愿意与否,都在唱歌赞扬我,
把一切伟大和华美给予我?

来自虚无者,将重新返回虚无,
力量和欣喜,丰饶和至福。

你们在深渊的边缘无知地起舞,
屈服于血液跳动的节奏。

―――――――

① 拉丁文,杜香。
② 拉丁文,湿生鼠曲草。

这其中毫无真实,只不过是狂热。
大地永远永远属于我。

※

说老实话,这个声音每天都在纠缠我。

因为我不能想象自己属于耶稣门徒的行列,
在小亚细亚漫游,从城市到城市,
他们的话语都在促使帝国的毁灭。

我在市场上盛有美酒的大陶罐中间,
在拱形长廊下面,美味的烤肉嗞嗞作响,
舞者在跳舞,摔跤手的身上橄榄油发亮,
我挑选海外商人出售的光艳布料。

如果恺撒赏赐我们死刑缓行,
有谁还拒绝对恺撒雕像致敬?

我不能理解,我这股顽固来自何方。

还有这样的信念:急切血液的跳动
会完成沉默上帝的计划。

悟　出

虚荣和贪婪一向是她的罪恶。
在我们藐视一切的理性判断
他人的时期，我爱上了她。

后来我突然悟出一个道理。
不仅我们的皮肤钟爱彼此，
我们的私处也天生适合，
她在我身边的熟睡发挥威力，
她的童年是在她梦中的城市。

她身上的天真和羞怯，
或者装扮为自信的恐惧
都感动了我——我也是这样的——
我不再判断他人，因为突然之间
我看到自己的两大罪恶：虚荣和贪婪。

给伊格莱柯·载特的挽歌

永远不忘记,你是王的儿子。

——马丁·布伯①

在你逝世后一年,亲爱的载特,
我从休斯敦飞到旧金山,
回忆起我们在第三大道的会面,
我和你感觉到彼此有点喜欢。
当时你告诉我你小时候没有见过森林,
只见过窗外一堵墙的青砖。
我感到痛苦,后来痛苦多年:
我们注定被剥夺宝贵的遗传。
如果你是国王的女儿,你不会体验到的。
两河交汇处没有建有城堡的祖国,

---

① Martin Buber(1878—1965),奥地利—以色列—犹太人哲学家、翻译家和教育家,他的研究工作集中于宗教有神论、人际关系和团体。

在六月里没有燃香氤氲中队列的行进。
你很谦恭,没有提出什么问题。
你耸耸肩膀:我是什么人啊,
戴长春花冠在队列里傲然行进?
你肉欲、羸弱、可怜又爱挖苦,
不介意随意地跟男人走,
抽烟太多,似乎不在乎尼古丁致癌。
我熟知你的梦想:有自己的家,
有窗帘,有一盆早晨得浇水的花。
本来应该实现,但是没有成功。
我们往昔的瞬间:鸟雀的交配,
没有意向、反思,几乎是在虚空
在秋天里山茱萸和枫树丰采的上方,
甚至在我们记忆中几乎不留痕迹。
我心怀谢意,因为得益于你我知道了,
虽然一直不善用言辞表达:
在这个世界没有荣誉也没有权杖,
在卷起来宛如一个帐篷的天空下
有对众人某种宽容、某种善意,
简单地说,某种温柔,亲爱的载特。

附言
但是我所在意的比语言表述得更多。
我为我们大家表现出苦涩的悲哀。
我希望每个人都知道自己是国王的子女
而且确知自己有不死的灵魂,
亦即相信最是属于他们的一切不可磨灭,

像他们触摸的一切永存；
现在我在时间的界限之外看到：
她的木梳、玉兰油膏和口红
在超越现世的小桌上摆放。

安　卡

戴什么帽子,在哪个时代,
安卡坐着在那里照相,
前额上方有一只死鸟的翅膀?
她是门槛后面的那些人之一,
门槛后面现在已经没有男人和女人,
先知没有单独给蒙了头巾的人布道,
因为她们的长发会激起情欲,
也不向头巾长袍的大胡子男人布道。
安卡幸免于二次大战的焚尸炉,
照镜子试穿新式衣服、
衬衫、项链和戒指,
梳好头、化好妆,准备投入职业的战斗,
高兴入睡或者品酒闲谈,
是一套满是雕像的美丽公寓的业主。
度过几十年直到世界的末日,
形体皆无的她现在如何?
先知又能说什么,既然想不到头巾
下面的头发、皮肤和玉兰油膏的芬芳?

神正论

不,高贵的神学家,不行,
您真诚的意愿拯救不了上帝的道德。
如果上帝创造了能够在善恶之间作出选择的人,
他们作出选择,因此世界陷入罪恶,
还是会有痛苦,和造物不该遭受的折磨;
要加以解释,造物只能假定
存在原始的天堂,
人类出现以前的堕落深重,
物质世界在魔鬼的力量下成形。

餐桌 之一

只有这个餐桌是实在的。沉重。坚实的木材。
我们在这张餐桌宴饮,一如我们之前的他人,
能猜出在清漆下面他们手指的碰撞。
其他的一切都令人起疑。我们也是,出现
一瞬间,以男人或者女人的形象
(为什么是或者?),身披规定的衣着。
我注视她,就像是第一次看见她的脸。
又注视他,再看她。为的是他日
在非人间的地区或者王国中能够回忆起他们?
要为哪一刻做准备?
或许还得再一次从灰烬中出走?
如果我在这里,完完整整,在切烤肉
在这个酒馆里,酒馆高居在摇曳不停的辉煌海面上。

伯克利　一九八三

餐桌 之二

在这个酒馆里,酒馆高居在摇曳不停的辉煌海面上,
我似乎在水族馆里活动,意识到消失在即,
我们都是生死有命,活着已感到难为。
这共同性令我慰藉,虽然也感到悲伤,
共同的目光、手势、触觉,眼前和历年。
我想,我的乞求能让时间滞留,
我像前人一样,习得接受依从。
只来考察这里有什么耐劳持久:
配牛角把柄的刀子,铁皮的饭碗,
蓝色的瓷器,坚硬但是易碎,
还有,就像激流中的一块石头,
这张硬木制造的桌子,被摸得光亮。

我 的

"我的父母,我的丈夫,我的姐姐。"
我在餐馆里用早餐,听他人闲谈。
女人的话语声窸窸窣窣,完成
无疑必不可少的仪式。
我的眼角斜视看见翻动的嘴唇
感觉欣慰,我在这里,在这尘世大地,
再延续一刻,在一起,在这尘世大地,
来庆幸我们的,微小、微小的自我。

　　　　　　　　　　安纳波　一九八三

感 激

魔力十足的上帝,你对我有厚赠,
为了善,也为了恶,我都感谢你,
世间的每一件物品中,都含有永恒之光,
不仅在现在,也在我死后的日子里。

七十岁的诗人

啊,神学家兄弟,你是
鉴赏天堂和深渊的行家,
每年都有所期待
日夜苦读经书文集
就要踏入最后的门槛。

唉,你的确受到了屈辱
被狡诈的理性玩弄,
你来到人类的家园中间,
像航船在他们中间航行,
却不知目的和港口何在。

你坐在酒馆里喝酒,
喜欢那儿的热闹嘈杂
大声喧哗却又戛然而止,
像留声机放出的音乐。
你在那里思考着原因何在。

悲哀大地有令你欣悦之处，
爱情的美味佳酿让你热血沸腾，
魔力会把你的心灵改变，
四旬斋挽歌中断你的细语，
你依然要学会对人事宽容。

贪图口腹之欲，轻浮，迷惘，
似乎你的时间永无止境，
你奔跑，眼睛盯着尘世的奇迹，
在剧院里转动翻滚的躯体
每日每时都在变动赢得青睐。

你涂脂抹粉，又涂口红，
你穿丝绸，头插羽毛，
发出叽叽咕咕的鸟语，
假装这是大自然所需，
哲学家，这就是你的理解。

你全部的聪明都归徒劳
虽然为探索耗费了一生，
现在不知该如何是好，
因为烈酒、伟大的美
和幸福，只留下了悲哀。

　　　　　　　　　　伯克利　一九八二

以一句话为家*

以一句话为家,这句话似乎是钢铁锻打。这愿望从何而来?不是为了令人入迷。不是为了让名字留在后人记忆里。这是对于秩序、节奏、形式的无名的需要,这三个词对抗着混乱和虚无。

伯克利—巴黎—马萨诸塞州剑桥　一九八一至一九八三

---

*　原作无标题,现取首句为题。

纪 事

（一九八五至一九八七）

有一只猫的肖像

一个小女孩看一本书,里面有一只猫的图画,
它戴着一个毛茸茸的项圈,身穿绿色天鹅绒衣服。
她的嘴唇红颜色很浓,在甘美沉思中半开。
这是在一九一〇年或者一九一二年,这张画没有日期。
作画者是马乔丽·墨菲,一位美国妇女,
生于一八八八年,和我母亲一样,大体上。
我在艾奥瓦州小镇格林内尔看见这张画,
在世纪末。这只戴着项圈的猫
现在在哪里?还有这女孩?我会不会遇见她
那些脸上涂红胭脂杵着拐杖老妈妈中的一位?
但是这张脸,小狮子鼻,圆圆的脸蛋
令我感动,完全是半夜惊醒时候
在枕头旁边蓦地一眼看到的小脸。
这里没有猫,它在书中,画里的那本书。
女孩也没有,虽然在这里,在我面前,
一直没有消失。我们真实的会见

是在儿童时期的疆域:被称为钟爱的奇迹,
触摸的一闪念,天鹅绒中的猫咪。

        伯克利　一九八五

抹大拉的马利亚和我

耶稣通过祷告从抹大拉的马利亚
身上驱逐出来七个不洁的恶鬼
在空中乱飞,像蝙蝠那样歪斜,
与此同时,她一条腿缩回,
另一条在膝盖处弯曲,她坐着
细看脚趾和凉鞋鞋带,
好像第一次看到这样奇怪的东西。
她栗色的头发弯弯形成发卷,
遮盖了她后背,后背强壮,几近威猛,
发卷铺在穿了深蓝色上衣的肩膀,
上衣下面的裸体发出微弱磷光。
她的脸型沉重,颈部收缩
低沉、沙哑、几乎粗糙的嗓音。
但是她没有说话。永远保持在
肉体因素和另外一个因素——
希望之间。在画面的一角
画家留下姓名的首字母:他心里眷恋她。

　　　　　　　　　　　伯克利　一九八五

骷　髅

抹大拉的马利亚面前,昏暗中
一个骷髅泛出白色。这团枯骨
是她哪个情人的,她不费猜想。
她保持这个姿态,沉思百年,又一个百年。
沙漏里的沙子沉睡,因为她看见
肩膀上感受到他一只手的触摸,
然后,拂晓时刻,她惊呼:"夫子!"
我收集这骷髅的梦,因为我就是它,
强力、热恋、在花园里忍受,
在黑暗窗户下面,不确知
她秘密的极乐属于我,还是别人。
狂喜,海誓山盟。她都不太记得。
只有那一时刻延续,不能消除,
当时她几乎是在另外一侧。

伯克利　一九八五

陶　罐

尊敬的蝾螈们,现在我凭借知识
接近你们居住的陶罐
看着你们垂直浮上水面
还露出你们的腹部的绯红颜色,
火焰色泽,展示你们和炼丹术士——
那在火里生活的火蛇的亲缘关系。
大概我是为此在松树之间一个池子里
捕捉了你们,四月天上的云朵飞奔,
我把你们带回城市,令人自豪的战利品。
你们消失已经很久,我时常猜测
你们当时的生活不知何谓小时和岁月。
我对你们说话,给你们带来存在,
甚至在语法王国中的名字和称谓,
通过词尾变化保护你们不受虚无侵袭。
我自己无疑受到神灵摆布,他观察我
把我投放到某种超语法的形式,

但是我等待,希望他们抓住我把我带走
我得以长生,像炼金术士火焰中的火蛇。

　　　　　　　　　　　南哈德利　一九八五

万圣节前夜

在我最喜欢的月份的深沉寂静之中,
十月(枫叶的深红,橡树的青铜,
这里那里白桦树的闪亮金黄),
时间在这个月的停滞,我十分欣赏。

死者辽阔的国度在一切地方显出:
林荫路拐弯之后,公园草坪的后面。
但是我不必进入,没有得到呼唤。

快艇靠岸,小径路面撒满松针,
河水在昏暗中流淌,对岸不见亮点。

我去参加鬼魂和巫师的舞会,
一批到会的人戴面具和假发,
在生者合唱声中跳舞,不辨是谁。

南哈德利 一九八五

这一个

一条山谷,上方是浸染秋色的森林。
一个游人来到,导游就是地图
或许是记忆。有一次,很久以前,阳光灿烂,
下过初雪,他前往那里,
感受到了喜悦,十分,没有原因,
眼睛感到的喜悦。一切都有节奏
向后移动的树木,空中的飞鸟,
水道上面的火车,动感的盛宴。
多年之后重返,不为什么目的。
只有一点,极为宝贵的经历:
纯真地、朴实地观看,没有名称,
不怀期待、忧虑和希望,
到达了我和非我消失的那一条窄线。

南哈德利　一九八五

忏 悔

上帝啊,我喜欢草莓果酱
和女人肉体的醇厚的甜蜜。
还有冰镇的伏特加,配橄榄油的青鱼,
香料,有肉桂和丁香。
我是什么预言家?鬼魂为何访问这样的人?
有许多先知名副其实,值得信赖。
有谁会信赖我?因为他们看见我
扑向美食,不断干杯,
贪婪地盯着女招待员的脖子。
有缺点,我自己也知道。好大喜功,
无论伟大何在,都能够寻得。
但是有明鉴的能力还不够,
我知道给我这样卑微的人剩下了什么:
短暂希望的盛宴,权贵傲慢者的聚会,
驼背者的比赛:文学。

伯克利　一九八五

给扬·莱本斯坦因

当然我们有很多共同之处,
我们都在巴洛克风格的城市里长大,
从不过问是哪位国王建造了教堂
过了一天又一天,不管什么公主
住宫殿,建筑师、雕刻家姓甚名谁,
从哪里来,凭什么誉满天下。
我们喜欢在一排装饰廊柱前踢球,
跑着经过凸窗和大理石楼梯。
后来,树荫多的公园里座椅更亲切,
超过头上成群的石膏天使。
但是有些爱好保存下来:对曲线的喜爱,
火焰般对立的螺旋上升装饰,
让我们的妇女穿上丝绸的上衣,
给骷髅的舞蹈增添光彩。

伯克利 一九八五

和她同在

在那不存在的国家里我母亲
患关节炎而肿胀可怜的双膝——
我在我七十四岁生日那天想到她的病痛,
当时正在伯克利圣抹大拉马利亚教堂听晨祷。
这个礼拜日阅读智慧书,
得知上帝没有制造死亡,
不为生者绝灭而高兴。
阅读福音书之一的《马可福音》,
他对一个小姑娘说:"大利大古米①!"
这是对我的言说。让我从死者中复活,
还重复在我以前生活的人怀有的希望,
在惊惧中和她在一起,和她临终前的痛苦
在格但斯克城下的村庄,昏暗的十一月,
当时那些凄惨的德国人,老人和妇女,
还有从立陶宛来的难民都患伤寒而死去。

---

① 意为:闺女,我吩咐你起来。

和我在一起,我对她说,时间不多了。
你的话现在就是我的,在我心灵深处:
"我觉得,一切都是一场梦。"

一九四五年,在第二次世界大战结束后居民大迁移的时候,我们一家离开立陶宛,来到格但斯克郊区,被安置在原属于一个德国农民家庭的住宅里。那个住宅里剩下的一个德国老太太正好患伤寒,没有人照料。我母亲不顾大家的劝说,照料她,染上伤寒而死去。

伯克利　一九八五

老妇人

患关节炎弯腰驼背,身披黑衣,细长的腿,
她们拄着拐杖走动,走向祭坛,
全能者在金光朝霞中伸出两个手指。
全能者显示力量的、光辉的面容,
他创造了一切,地上、天上的一切,
他给出原子和星系的尺度,
他上升到仆人包裹了围巾的头部上方,
而她们皱缩的嘴唇接受他的躯体。

镜子、睫毛油、脂粉和唇膏
诱惑了她们每一个人,她们按各自的方式
穿衣,增加自己眼睛的亮光,
增强眉毛拱形的线条,加深嘴唇浓艳的红色。
在河畔密林里敞开爱情的胸怀,
内心里珍藏了情郎的俊美,
我们的母亲——对你们我们从没有做出报答,
因为忙于启航,在各个大陆旅行。

我们感到内疚,寻求她们的谅解。

终生受苦,他挽救
朝生夕死的蛾子,清冷中羸弱的蝴蝶,
母亲及其子宫里愈合的疤痕,
带领他们去见上帝的人类生母,
让可笑和疼痛化为尊严
后来功德完成,没有魅力和色彩,
我们在尘世的爱情,永不完美。

         罗马　一九八六

天堂应该怎样

天堂应该怎样,我知道,我去过天堂。
在天堂的河畔。聆听天堂百鸟歌唱。
在天堂的季节:夏天日出之后的不久。
起床后奔向我的一千件作品,
花园是世外的,全靠想象。
我的日子都花费在写诗炼句上面,
意识不到我遇到了什么事情。
我努力,不懈地寻求
词语和表达方式。我想,血液的流动
在那里是否还是胜利、是凯旋,
我想说,属更高的等级。紫罗兰的芳香,
金莲花和蜜蜂,还有轻声嗡嗡的瓢虫
或者所有这一切的精神,都比这儿更强,
必定呼唤我们注重核心,万物迷宫
后面的中心。因为精神从无限者那里
索取魅力、好奇心、许诺,他如何能够
停止探索?但是我们珍重的沉寂在哪里?

毁灭我们、拯救我们的时间在哪里？
这一切对我都是太难的问题。永恒的寂静
不可能具有清晨和傍晚。
这一缺憾足以对它提出反驳。
神学家的牙齿也许咬不动这颗坚果。

罗马　一九八六

希腊咖啡馆

二十世纪八十年代,在罗马康多迪大道,我和图罗维奇坐在希腊咖啡馆里,我说过类似下面的话:

我们见多识广,领悟颇多。
国家多有消亡,变化沧桑,
人类精神的妄想把我们堵塞,
迫使人们死亡或者遭受奴役。
罗马的燕子在清晨唤醒我,
我感觉到脱离自我之后带来的
短暂和轻盈。我是谁,原来是谁
都不十分重要。因为其他的人
精神高尚、伟大,只要我想到他们,
他们就给予我支持。存在的种种等级,
那些证实了自己信仰的人们,
虽然他们的名字被涂抹、掷地践踏,
他们却继续照拂我们。他们给了我们尺度,涉及
著作、期望、计划,我要说,还有审美的尺度。

文学拿什么来拯救自己，
难道只有颂扬的声诗，
赞歌，尽管是违心之作？我钦佩你
因为你的成就多于我的一些同伴，
他们是傲世的天才，曾坐在这里。
我原不理解他们何以为缺少美德而悲哀，
何以备受良知的责咎，现在我已经理解。
随着年龄增长和二十世纪的过去，
人更珍惜智慧的贶赠，以及简朴的善。
你我久已阅读的马利丹
会有理由感到欣慰。而我感到惊喜，
罗马城依然屹立，我们在这里重逢会见，
我还活着，我，和这些飞燕。

          罗马　一九八六

但是还有书籍

但是书籍将会站在书架上,此乃真正的存在,
书籍一下子出现,崭新,还有些湿润,
像秋天栗子树下闪闪发亮的落果,
受到触摸、爱抚,开始长时生存,
尽管地平线上有大火,城堡在空中爆破,
部落在远征途中,行星在运行。
"我们永存,"书籍说,即使书页被撕扯,
或者文字被呼啸的火焰舔光。
书籍比我们持久,我们纤弱的体温
会和记忆一起冷却、消散、寂灭。
我常想象已经没有我的大地,
一如既往,没有损失,依然是大戏台,
女人的时装,挂露珠的丁香花,山谷的歌声。
但是书籍将会竖立在书架,有幸诞生,
来源于人,也源于崇高与光明。

伯克利 一九八六

和妻子雅妮娜诀别

参加追悼的妇女把她们这个姐妹交付火焰。
这火焰和我们一起观看过的火焰一样；
她和我，婚姻保持延续漫长几十年，
维系婚姻的是同甘共苦的誓言，火焰
在冬天的壁炉里，篝火，燃烧的城市的火焰，
作为元素的纯洁的火焰，始于地球的形成；
火焰正拿走她灰白的头发，
抓住她的双唇和她的颈部，把她吞没；
人类的语言把爱情比喻成火焰，
我想不到什么语言。或者祷告的书文。

我爱她，虽然并不知道她究竟是谁。
因为我追逐幻想，常常给她带来痛苦。
背叛她和别的女人有染，虽然只忠于她。
我们经历了许多幸运和不幸，
多次离别和奇迹般的拯救。而现在，这里留下了骨灰。
海水拍打海岸，我在空荡的林荫道行走。

海水拍打海岸。人之常情的感受。

怎样才能抵御虚无？如果记忆不能延续，
有什么力量能够保存已往的一切？
因为我记住的事不多。我记住的事很少。
实际上，复原的诸多瞬间也许是最后的审判，
大概宽恕把审判一天一天地向后推延。

火焰乃是摆脱重力。苹果不会落在地上。
大山从原地移动。在火焰的帘幕后面
羔羊站在草地上，草地形象不可能摧毁。
灵魂在炼狱中燃烧。赫拉克利特，疯疯癫癫
看到火焰销毁世界的根基。
我是否相信起死回生？回生不是始于这灰烬。

我大喊，我恳求：诸种元素，你们解体！
升起融入他者，让它来临，王国！
超越尘世的火焰，你们重新组合！

                                伯克利　一九八六

神

虽然信仰不坚,我却相信威力与神灵
这些东西充斥了每一厘米的空间。
他们监视我们;不可能没有人监视我们。
你们试想:某种宇宙景象,绝对无人?
证据是,只有我的意识。意识脱离了我,
在我上方、其他人上方、大地之上翱翔,
和神力有最明显的亲缘关系
像他们一样善于监视,脱离羁绊,
他们帮助我们、损害我们,凭什么条件,
还是得允只观望我们,有谁知道。
他们嘲笑,他们怜悯。似乎很有人性,
但也超越人情:因为没有一天、一年、
一个星期管束得了他们。幼儿园、体育场
是他们喜爱的地点。少年、少女,在奔跑,
投球、他们将来成为什么人,那模样
都画在脸上、姿势之中。忽而珠光宝气,
浓妆艳抹、睡意蒙眬,嘴上挂着烟圈,

或者穿上白色围裙,戴着轻纱面巾,
或者白衣遮胸哺乳。他们带着雄鸡一样的傲气
到会,大腹便便的权力玩家,海量
豪饮,眼目无光。大床,绒毯,他和她
虽不理解,却也爽快,算是急就章。
我的猫咪。忠诚的小狗。小蛤蟆。
绿色的青蛙。小熊维尼。小兔兔。
他们的言语一成不变,得到童话故事的营养。
这与神有什么关系?纯洁的灵魂怎能从核心
理解提香式颜色粗糙头发的气味和触摸的感觉?
让我们假设他们能够。但是他们觉得是暗黑的
就是墓园。墓园倾斜面向大海,
在树木后面显出蓝色,或者面对日出,
或者平坦,在灰色河水对岸。一去不返
之物的完美。完全的他者之性格
对于意识领域存在物令人厌恶,
也因为如此有诱惑力,重要
剩下的就是反复提出的"为什么"这个问题。
因而神灵在墓碑中间游动、绕圈,
"是谁命令他们死去?这是谁的需要?"
他们呼喊,在不懈的惊诧中思索。
因为他们的思想明确,趋向于和谐,
熟悉理想的形体,尊重秩序,
秩序中存在的一切应该永远延续。

伯克利 一九八六

美丽的年代[①](一九一三)

西伯利亚大铁路

我乘西伯利亚大铁路列车到达克拉斯诺亚尔斯克,
同行的有立陶宛人奶娘和母亲;一个两岁的世界公民,
我享有有福分的欧洲时代。
父亲在萨彦岭山脉中猎红鹿。
艾拉和尼娜在比亚里茨海滩跑跳。

是的,这是一九一三年的事。当时,以往的一百年被认为不过是真正欧洲的甚至宇宙时代的前奏而已。法国的黄色封面小说在多瑙河上、维斯瓦河上、第聂伯河上和伏尔加河上,都有读

---

① 原文为法文,LA BELLE ÉPOQUE。

者。迈高米克收割机在乌克兰的田野上开动。对于刚刚起步的美学家们来说，奥斯卡·王尔德是最伟大的名字，而青年叛逆者们则把沃尔特·惠特曼看成得到解放的群众的先驱者，而巴黎的放荡青年则从《俄国芭蕾舞》和陀思妥耶夫斯基的小说中求解斯拉夫人谜一般的灵魂。受过良好教育的诗人一次又一次地从维也纳出发前往神圣城市莫斯科朝拜，为了在那里听到钟声。由许多国家构成的会社夏天都在马里恩巴德或者蔚蓝海岸的水域聚会，许多家庭把患肺结核病的子女送到达沃斯的疗养院。诗人开始赞美国际特快列车，其中有一位还写了长诗《西伯利亚大铁路的散文》。这样，在彼得堡，我的一只脚踏上了涂了黑亮油漆的汽车的踏板，后来又穿过乌拉尔山，可以说我是和世纪精神合拍的。当时，里加工学院毕业生，青年工程师亚历山大·米沃什，在萨彦岭支脉大密林里狩猎；在这里，在上游的叶尼塞河流出山谷向北流去，奔向平原和北冰洋。那是西伯利亚野鹿发情的时候，其呼叫声在布满森林的山坡引发出回声；那里柠檬黄色的桦树和深绿色的松树形成对照。这位年轻人腿脚灵敏，轻易跳过布满苔藓的石块，欣喜呼吸秋天清凉的空气。现在我差不多和他相仿，感觉到大步行走的灵活，手臂的摆动，在射击的时候感到有把握击中目标。也许因为我们都是同一个物种的一部分，我们的经验颇多共同之处，足以令我在片刻之间变得和十五岁的艾拉一样，跑去迎接大西洋呼啸扬起的浪涛。或者她裸体站在镜子前面，散开黑色发辫；她长得好看，她意识到自己好看，触摸胸部上的两个褐色小圆盘，于片刻之间得到启示，这些启示把她从迄今所受到的一切教导中解脱出来：欠身、鞠躬、水手领巾、裙子、餐桌上的礼仪、家庭女教师、卧铺车厢、把胡子梳成标枪形的男人、可归类为女士或者娼妇的穿胸衣和撑腰架的女人；教义问答、忏悔前列出的罪过清单、音乐课、法语动词、假装出来的天真、对仆人的客气、自己嫁妆的数目。这其中的启示就是：一切都不是如此,因为的确是完全不同的。不对任何人说起,只对自己说已经足够。自己触摸自己多好,什么也不要相信他们,而且所到之处,在阳光下,在海面云朵上方、在推向海岸的潮水轰隆声中,在自己的肉体中来感受：这是完全不同的啊。

伯克利　一九八五

乌拉尔山以东

一天又一天,还是大平原。群山过后还是平原。
茶炊里开水响声不断。商人在自己的包间
喝茶,用图画鲜艳的木质茶碗。
地质学家瓦乌耶夫对我母亲大谈在蒙古的挖掘。
然后进入和彼德森没完没了的争论,
母亲听不懂,虽然曾上过学,
在克拉科夫听过兹杰霍夫斯基的报告。

阿克尼亚和维莱提亚兄弟会
在里加于午夜游行庆祝。
美丽的母亲也在那里,她喜欢美酒,
当时正怀着我,也许影响了我。
现在她穿越乌拉尔山(我的奶娘
来自凯单省,呼喊:"山像使徒屹立!")
去会见丈夫("会见丈夫",听着新鲜!)。

　　瓦乌耶夫:
没有人需要真理。人不容忍真理。
真理不适合于人,快跑,躲避,

进入缭绕的高香、圣像、教堂的哼唱,
进入自己虚假的善心、遗物、传说,
和他人在一起,他们像你一样假装。
但是都有下场。延续几百年的事也在消亡。
海岛和大陆的萨满喋喋不休、语焉不详,
但是唤醒不了、唤醒不了悲惨的亡灵。

我看见发霉的祭坛,寺庙变成博物馆,
听见凯旋的歌声,但他们不知道那是悲悼哀歌。
面对"完了"时候的亮光直揉眼睛,
寻觅打碎的有善恶字样的石碑。
而高贵的思想在说:注定倒下的就让它倒下。
让新部落接受赠礼,自己的死期。
让他们统治大地,在废墟上跳舞欣喜。

彼德森:
青少年的情节剧歌曲。一曲即将完毕
另一曲尚未开始。但是必定要开始。
我们要结束宗教。还有哲学和艺术。
因为死亡的恐惧催生了哲学和艺术,
哲学和艺术,长生不死的众神都不需要。
人类从盗窃天火开始,
很快要重新塑造自己,
清晰看见自己的目标,和人的伟大成正比:
取得战胜死亡的胜利,自己成为众神。
诺言必将实现,逝世者起死回生。
我们的父辈、千代万代死者都将再生。

我们人类要住满金星、火星和全部行星。
幸福善良的人不再唱哀歌。

瓦乌耶夫：
为什么善良？

彼德森：
因为邪恶，或者利己主义，都来源于生命的短促。谁有无限的时间，就不再损人利己。

瓦乌耶夫：
噢！

彼德森显然熟悉尼古拉·菲奥德罗维奇·菲奥德罗夫（一八二八至一九〇三）的著作，这位作者预言了科学将取得这样的进步：人将不再是必死的存在。于是，人的主要道德任务就是运用科学复活自己的先人，亦即以往在大地上生活过的、全部的人。

瓦乌耶夫和彼德森都在一九一八年被处决。

首 演

乐队拨弦试音,准备演出《春之祭》。
你们可听见木管乐进行曲,铙钹和鼓的敲击?
狄俄尼索斯返回,遭受长久流放后他回归了。
加利利人的统治结束了。
他变得越来越苍白、没有实体、像是明月。
他在褪色,留给我们黑影般的大教堂
及其彩色玻璃的着色的流水和迎接圣饼的手铃。
高尚的拉比宣告,他将长生不老,
还要拯救自己的挚友,从灰烬中把他们复活。
狄俄尼索斯到来,在上天的废墟中间闪现出橄榄金色。
他的呼唤,尘世狂喜的声音,被赞颂死亡的回声带来。

伯克利　一九八五

北方航线

探险家弗里德约夫·南森的名气很大,他出现在"正确号"轮船上一事足以使得这次航行引人注目;这艘船在一九一三年夏天沿北方航线从挪威前往西伯利亚。这不是沿着亚欧大陆北方海岸的第一次航行,但是挪威西伯利亚公司予以资助,希望这会是该年度航行的第一次。船长是约翰·萨姆尔森,冰上舵手是汉斯·约翰逊,甲板上的客人是西伯利亚公司董事长约纳斯·里德,俄国驻克里斯蒂安尼亚大使馆秘书约瑟夫·格里格罗维奇·洛里斯-梅利科夫,工业家斯捷潘·瓦西里耶维奇·沃斯特罗金和弗里德约夫·南森。南森叙述他西伯利亚之行的著作英译本于一九一四年出版。他在书中说:

"西伯利亚未来的机遇几乎可以说不可限量;但是这些机遇遇到了各种困难,主要是距离遥远。在西伯利亚中部,无论是向西通往波罗的海的铁路,还是向东通往太平洋的铁路都十分漫长,使得该国主要产品,例如粮食、木材等等的运输都不可行,因为运送到市场的费用可能轻易会等同于货物本身的价值。

"在叶尼塞河河口和欧洲之间,尽管有冰面,但是如果能够建立定期的航行,那么在未来大量的产品就可能通过这条比较廉价的航线运输,这对于整个西伯利亚中部的发展都具有最重大的意义。因此,这个国家的居民都密切注意能推动这一事业的一切活动。虽然我们未必知道——至少我就是这样的——但是很多双眼睛无疑是注视着我们的航行及其成果的。"(弗里德约夫·南森:《穿越未来的国度西伯利亚》,纽约,伦敦,一九一四)

蝾　螈

我认识他们。他们都站在"正确号"
汽船甲板上,当时船进入了叶尼塞河河口。
面色黝黑,身穿汽车驾驶员皮外套,
这是洛里斯-梅利科夫,外交官。胖子是沃斯特罗金,
一个金矿的老板,和杜马代表。
他们旁边一个消瘦的金发男人,是我父亲,还有很瘦的南森。
照片挂在我们在维尔诺的寓所。
波德古尔纳大街五号。旁边
是我养蝾螈的罐子。十年间
会发生什么事?世界的结束?还是开始?
先说我父亲。我不知道他为什么
在一九一三年夏天长途旅行来到
这北极光阴郁的荒原。时间和地点
何等的混乱。现在,在这里我感到不安,
在加利福尼亚春天,因为事物都不协调。
我要什么?要它生存。是什么?已经失去的东西。
甚至你的蝾螈?是的,甚至我的蝾螈。

清晰的头脑

"但是,他们啧有烦言,因为完全没有事做,因为他们的生活懒散。除了阅读,他们无事可做。在那里,没有给他们安排工作。他们也许至少在狩猎中找到一些乐趣,但这是不可能的,因为流亡者不准带枪。唯一可做的事是钓鱼,还要看机会,不然他们就必须让夏天和冬天都在不知不觉中过去,直到他们的时间耗尽,他们又获得返回自由的生活和世界。"(弗里德约夫·南森:《穿越未来的国度西伯利亚》)

  人类的领袖,高尚的革命家
  向水面投掷石块,观看叶尼塞河的激流,
  弹吉他,自学各种语言,
  阅读《资本论》,一面打哈欠,一面等待。
  对胜利有信心。神人即将到来,
  他的头脑清晰,和二二得四无异。
  抛弃无关紧要的,对准目标,
  目标就是权力。不是国王和皇帝的权力。
  而是全部的大陆和海洋。他要统治
  地上和天上一切的活物。
  复仇者和教育者。那里,在各个首都,

让昏昧的动物沉睡,根本不知道
给它们准备了什么。同情心与他无关。
需要训练迟钝和懒散的庸人,
直到他们在恐惧、驯服和希望中
丧失作为藏身之地的人性,
虽然人性从未有过。直到面具坠落
他们进入高天,已被痛苦改变。

巴黎场景

"后来,在她们进来的时候,他一个一个地告诉我她们的名字,她们都是这里的常客:卢西恩,甜蜜而文雅,行动像一个影子,一言不发;迷人的爱丽丝,嘴唇上总是挂着微笑;高大的姚兰德歪戴着高帽子,属于我们的俱乐部;安德莱很尊严,捏一下手,不紧握;弗噜噜……窸窸窣窣裙子的风雨声,受惊小鸟的细碎叫声……这是让娜来了,帽子上插了一根红色羽毛。她在咖啡馆大厅里走过的时候,那里一切都颠倒了,于是她上了到二层的楼梯,消失了。"(巴黎报纸剪报一则,参见勃莱兹·桑德拉尔:《未编辑的秘密》)

泰坦尼克号

"平安无事,世界走在康庄大道上。的确,还是时时发生灾难,例如约翰斯顿的水灾、旧金山的地震或者中国的水灾,虽然搅动了昏昏欲睡的世界,却还不足以阻止世界返回沉睡。我觉得,即将发生的灾祸,作为事件,不仅会使得世界揉揉眼睛苏醒,而且会强烈唤醒世界,从此给世界带来一种迅速加快的推动,带来的满足和幸福则越来越少。在我看来,今天的世界是在一九一二年四月十五日苏醒的。"(约翰·泰耶尔,泰坦尼克号旅客幸存者之一,参见温·克莱格·韦德:《泰坦尼克号:一场大梦的终结》,一九七九)

这些事件,是他们得知的灾祸和他们不想知道的灾祸。在宾夕法尼亚州约翰斯顿,一八八九年的水灾夺走了两千三百人的生命;在一九〇六年旧金山地震中,七百人死亡。但是他们没有注意到意大利西西里岛墨西拿(一九〇八)和大约八万四千名牺牲者,也没有注意到日俄战争。这是不足为奇的,因为在一九〇五年以后,甚至西伯利亚大铁路的旅客也没有想到过千千万万被杀害的人滚进黑龙江的浊流当中,也没有想到很多船只在对马岛海域沉没,传来卷入海浪中水手们的高声呼喊。遗留下来的只有华尔兹舞曲《在满洲里的青山上》,是配有大喇叭的沙哑的留声机播放出来的。

越来越大,越来越快,越来越完美。
直到建造出开天辟地以来最大的轮船。
她的功率,五万马力
(想象力呈现出一个庞大的马队,
五万匹马拉动金字塔般的战车)。
大船出发做第一次航行,
报纸上又大又黑的标题宣扬
永不沉没的宫殿航行在大海上。
几百名仆役准备好,招之即来,
多处的厨房、旋梯、发廊,
所有大厅有电灯照明,如同白昼,
乐队频频奏出新式爵士乐,
满足穿晚礼服的太太老爷。

大船载有一千三百二十名客人,还有仆役和船组人员共二千二百三十五人。

午夜之后大约一点钟,一个轻微的摩擦声,像小刀割玻璃。
但是没有震动。机器骤然停工。一片寂静。
深夜虽然寒冷,但是晴明,灿烂群星,
海面平滑,海水像橄榄油。
和不大的冰山邂逅之后,
甲板开始歪斜——前倾。
很多睡下的人没有来得及穿好衣服。
那些坐上救生艇离开的人,
看见长长一排灯火通明的单间客舱
逐渐下沉,渺小的人体成队成群,

听见了音乐——那是乐队,身穿晚礼服,
站在扶手旁边,演奏祷告的圣歌,
祈求上帝的宽恕,平安和永恒的爱。
一切都在加速。四个蒸汽锅炉烟筒中的第一个
沉入水下,船尾上扬,
布满了人,船舵像一个大教堂
从海底突兀出现,悬在空中,
一道黑烟从内部冒出,
一切下沉,被柔和地吞没,
传来水下的呻吟,又像雷鸣。

然后是水面上呼喊的回声,
千人求救的呼唤。从远方飘来,
目击者说,像夏天蟋蟀的乐队,
起初声音大,后来逐渐微弱,
一小时后沉寂。他们没有溺水,是冻死,
披着救生衣凫水。他们死去了,人数
是一千五百二十二。还有一些在轮船航路上
被发现。例如一个妇女的遗体,
在帆下快速漂游——风吹起她的睡袍。

这是泰坦尼克号乐队演奏的圣歌歌词:

>   慈悲和富于同情的上帝,
>   怜悯的看看我的痛苦;
>   听听悲哀破碎的灵魂

109

俯趴在你脚下悲叹……
救起落进凶猛大水的我，
让我双眼仰望上苍——
正义和神性的救护，
平安和永恒的真爱。

言辞尖酸刻薄的约瑟夫·康拉德不赞成"陪伴溺水死亡的音乐"。他写道："但愿泰坦尼克号乐队在平静中得救，而不是在演奏的同时被大水吞没——无论他们演奏的是什么乐曲，这群可怜的人。违心地被大水淹死，从一个出了漏洞、不可救药的大水箱（你花钱买票进入）下沉，这实在毫无英雄气概可言，比起吃了从食品店里买的坏三文鱼、在腹痛中平静死去，没什么差别。"

他们怕什么呢？为什么报纸上出现啊啊啊的长吁短叹、各种委员会、质疑、街头歌谣、小册子和一个不祥又伤感的传说？泰坦尼克号，一个时代的终结吗？因为再也没有安全感了吗？什么也保护不了他们吗？金钱、每晚晚餐前的换装、雪茄的芳香、社会进步不能？习俗、礼貌又忠实的仆人、学校里的希腊文和拉丁文、法律、教堂、科学——什么都保护不了他们了吗？有过什么东西提供过保护吗？无名又毫不宽容的死亡，能够避开吗？啊开化的人类啊！啊诅咒，啊护符！

伯克利　一九八五

惊恐之梦 （一九一八）

奥尔沙是恶劣的车站。火车在该站可能停一昼夜。
所以,当时我六岁,在奥尔沙很可能迷失。
遣送移民的火车就要开动,快要把我留下。

永远留下。我似乎明白我会变成不同的人,
用另外一种语言写诗,另外一种的命运。
似乎猜测到在科雷马河河畔的下场,
那里的海底是白色,铺满了人的骷髅。
当时沉重的恐惧频频到来,
这将是我全部恐惧的肇因。

弱小者在强大者面前的颤抖。面对大帝国。
帝国频频向西行进,长弓、套索、来复枪在手。
乘三驾马车,从后面鞭笞车夫的脊背,
或者吉普车,头戴大皮帽,带着被征服国家的记录。
我只能奔逃,一百年,三百年,
脚踏冰雪,潜泳渡河,白天黑夜,越远越好,

在故里河畔留下穿洞的胸甲和装有国王赏赐的宝盒,
渡过第聂伯河、涅曼河、布格河、维斯瓦河。

最后我到达一个高楼大厦、十里长街的城市
感受到恐惧的压迫,因为我是一个乡下人
只能假装听懂他们十分精明的讨论
同时努力遮掩自己的失败和羞怯感。

这里谁给我饭吃,我在多云的早晨行走,
衣袋里的小钱只够买一杯咖啡,别的买不起?
我来自杜撰中的国家,有谁需要?

石头的墙壁,冷漠的墙壁,面目狰狞的墙壁。
不是我的理性,是他们的理性的秩序。
现在你得接受它,别再抵御。你再也无处逃避。

伯克利　一九八五

黄昏中的无篷马车 （一九三〇）

黄昏时候乘坐无篷马车。车辙磨损。
道路经过湖边平原的村庄。
屋顶紧靠在一起,草地上晾着麻布。
渔网散开,烟囱里冒出炊烟。

一片寂静。他们是谁？得到拯救还是受到诅咒？
坐下来晚餐,在主的圣徒肖像下面。
托马斯·阿奎纳在他那小室中不停
书写他们,那无疑是惩罚,他太善良。
我写作大概也是受罚。我要膜拜光明、
膜拜威仪,鞠躬行礼,如此而已。
而这里只有人群,他们的习俗,家园,
家庭不设防,每一年按照皇历过去。

艺术家的目的：适度避免突发的喜悦和绝望；在过去的时候他长时间地处于这种状态。清晨早餐时候什么也不想,只想到去画室,那儿有钉好的画布在等待。在那里同时画几张画,对于画笔下面不意中出现的形象很感兴趣。他知道自己在寻找什么,追求什么。那是只看到一次的全部的现实,但是它又常常溜掉,其本质没有名称,迄今谁也没有触及。这一切都是要再现树木、风景、人物、动物,但是总是希望画笔自己遇到笔意。

除了画笔,还有书写之笔。也许有的人比较成功,有的人不太成功。湖边的茅屋从何而来,同时还有托马斯·阿奎纳?据说他在去世之前说:"我写的一切,我觉得都是麦秆。"这应该理解为否定运用三段论努力构建的宏伟建筑,因为建筑太人性化,亦即不过是迷雾,在我们回顾观看的时候面对终极之物、几乎就在最高宝座之前的时候——不过是虚无。但是有谁知道,我们是否可以以绝对的愿望之名义放弃短暂的、须臾即逝的形式。我在青年时期没有预期日后会着迷于人、人在时间上的日常生存,一天,一年——这一天一年对于湖上的茅屋并没有什么好的预示。不行,不能直视太阳。另外一方面,我们也不能模仿美名大师托夫故事里王宫中的贵客,这些人忘记了他们为何到了那里。

  哈希德派的故事
  从不同的国家、省份、不同的村庄和城市,
  我们应邀到了国王的宫殿,
  那里的池塘和花园令我们惊奇
  还有鸟雀合唱和珍奇树木。
  穿过许多房间我们看见
  黄金、白银、珍珠和宝石。
  几天几个星期也看不完。

宾客四散在整个宫殿里的一间间房间,
我坚持要寻找国王的房间。

有人带引。突然之间，一切
都消失不见。他是幻境制造大师，
是他凭空呼唤出来这辉煌灿烂。

       伯克利　一九八五

一九四五年

"你,最后一个波兰诗人!"他大醉,拥抱我,
先锋派的朋友,身穿长襟军大衣,
在东部度过战争时期,对东方理解得很多。

阿波利奈尔的诗歌不可能给他那些教导,
立体派的宣言和巴黎街上的市场也不行,
对付幻想的良药是饥饿、耐心和服从。

想象一下吧。二十世纪就要过去,
在他们的美丽首都的语言依然和人民之春的一样。
可是他们猜不透那些语言今后的意义。

在草原上,他用破布包裹流血的双脚,
注意到思想高超的那几代人空洞的自豪。
满目所见,是平坦的大地,尚未得到拯救。

每一个部落和民族上方都笼罩了灰色的寂静。

在巴洛克式教堂的钟声之后。在手握马刀之后,
在对自由意志和议会合理性的争论之后。

我揉揉眼睛,感到可笑,而且要造反,
我一个人和耶稣马利亚一起反抗难以战胜的强权,
虔诚祷告的、镀金雕像和奇迹的后代。

我还知道我会用被征服者的语言说话,
比起老习俗、家族沿袭的礼仪、
圣诞树上的饰物和年年播放的欢歌并不持久。

伯克利　一九八五

诗体讲座六次

讲座一

怎样对你们叙述？请你们看哪些纪事？
请想象一个年轻人，在湖岸行走
在一个酷热的下午。透明的蜻蜓
悬停在茅草上方，一如往常。但是该来的
还没有来到。请注意，什么也没有。
或许可能有，但是尚未完成：
躯体命定受伤，城市命定毁灭，
数不胜数大众的痛苦，各有不同，
造焚尸炉的水泥，被瓜分的国家，
凭抽签决定杀手——你、你，还有你。
是的。喷气式飞机。半导体。录像机。
宇航员登月。他在行走，但不知道。

他走进小海湾,一片小沙滩。
休假的人们在那里日光浴,
先生们女士们都无聊之极,
谈论桃色事件、桥牌和新式探戈。
这个年轻人就是我。当时是我,如今还是
虽然过去了半个世纪。我记得,也不记得
他和他们的龃龉。他与众不同,另类。
他脑中的囚徒,他们离开,不知所终,
他藐视他们,当裁判,旁观。
这样,青春少年的病态
预言了一个时代的弊病,
这个时代下场不良。对此若没有意识
就该受到惩罚:他们只想着活下去别无其他。

波浪,砂砾上的些许芦苇,白云。
水面对岸是村庄的屋顶、森林和想象,
里面有犹太人的小镇,火车驶过平原。
深渊。大地在摇曳。现在摇曳仅仅因为
我在这里打开了时间的迷宫,
似乎知道就等于理解,
窗外蜂鸟是否正在表演舞蹈?

我本该做到。做到什么,在五十五年以前?
生活在喜悦之中。和谐之中。信仰之中。平静之中。
似乎那是可能做到的。后来却只有惊愕:
他们为什么不聪明一点?事态的发展现在看来
不就像因与果的关系?不然,这也可疑。

凡是当时呼吸过的人,都有责任。
呼吸了空气？非理性？幻想？理念？
和当时在那里生活的每个人一样,我不知道。
年轻的莘莘学子,这是我坦诚的表白。

讲座二

温柔的母亲和姐妹,妻子与情人。
请想一想她们。她们生活过,有名有姓。
在亚得里亚海温暖的沙滩上,
两次大战之间,我见到一个绝美的姑娘,
在转瞬过去的一刻,我真想拦住她。
她修长的身材被丝绸泳衣紧抱
(在人造纤维时代以前),靛蓝色,
或者佛青。眼睛是紫罗兰色,
头发是金色,有一抹灰褐:贵族家千金,
或许骑士家族,步态显出信心。
发色亮丽的少年,和她一样出众,
是她的仆从。西格里德或者英格,
家里有雪茄芬芳、殷实、整洁。

"你先别走,疯了吗?细心观赏
教堂的雕刻,大教堂的镶嵌,金色的光环,
留下,充当太阳落山时候水面的回声。
别亏待自己,不要轻信。不是名声荣誉
召唤你,是装模作样的杂耍,你那部落的礼仪。"

我可能这样对她说。一种精神？一个个人？
不可重复的灵魂？出生的日期
和出生的地点，都宛如一个星座
控制她的未来？让爱情，让
顺服的美德引导她服从习俗？

但是，但丁看错了。情况并非如此。
判决是集体性质的。永恒的谴责
必定是落到一切人身上，是的，一切人头上。
这大概是不可能的。耶稣也会面对
有花卉的茶杯、咖啡、哲学会议、
风景、市议会塔楼大钟的响声。
他不能说服人，他贫穷、眼睛黑色、
鹰钩鼻、全身的服装不洁，
那是囚衣或者奴隶粗衣，属于无家可归那类，
国家抓捕和处理他，是正当的。
现在我知道得颇多，我必须宽恕
自己的罪过，罪过和他们相似：
我想和他们同等，永远像他们一样，
堵住耳朵，不听预言家的呼唤。
因此，我理解她。一个舒适的家，一片绿园，
从地狱深处传来巴赫赋格曲的声音。

讲座三

贫穷的人们在火车站地板上过夜。
配有护耳的帽子、头巾、棉袄、羊皮外套。
并列着睡觉,等火车。门缝透进来冷风。
新到的人进来,抖落身上的雪,又带来了泥泞。

我知道有关斯摩棱斯克和萨拉托夫的知识对你们没用。
那更好。只要能做到,就避免
表示同情,这是一种想象的疼痛。
所以我不讲细节。只提个片段,概略。

他们驾到。检查员。三个汉子一个娘们。
长筒皮靴的皮料柔软,一级的皮革。
外套的毛皮昂贵。动作沉稳、带着傲气。
皮带牵着牧羊犬,德国种。看那个娘们,
粗壮,有点困倦,刚享尽床笫之欢,
戴着大檐帽,向上翻白眼,不屑一顾。

她不是已明确指出权力属于谁,
在这里谁会得大奖?意识形态奖,

如果你一定要问。因为这里一切
都不透明,都总是有礼仪套话的包装,
虽然恐惧是真实的,人民服帖,
这四个人又从哪儿来,冒着暴风雪,
集中营真实的铁丝网,还有瞭望塔。

在一九三五年春天巴黎保卫文化
会议上,我的一位大学同学
马尔堡的龚特尔,游历欧洲
低声轻笑。他崇拜斯特凡·乔治,
写诗歌颂骑士的美德,
随身带着尼采的袖珍本著作。
后来死了,大概是在斯摩棱斯克城下。
是谁的子弹?来自在这里睡眠的一个人?
带警犬的看守?铁丝网后面的囚徒?
这个娜佳或者伊莉娜?关于他们,他一无所知。

讲座四

面对现实,我们有何计可施?现实在词语里?
刚闪烁一下就已经消失。无法统计的生命
从来没有人记起。城市只在地图上面,
市场旁边住宅楼一层窗户里没有人迹,
毒气工厂附近灌木丛中没有的那两位。
四季轮流返回,山中的白雪,海水,
蓝色的行星地球自转不息,
有人沉默,曾在大炮炮火中奔跑,
伏倒在地面紧贴泥土,为了自保,
有人在凌晨被从家里驱逐带走,
有人从成堆的流血尸体下面爬出。
而我在这里讲授忘记的哲学,
奢谈痛苦终将过去(因为是他人的痛苦),
思想里却还要营救雅德维佳小姐,
一个驼背小姑娘,图书馆馆员,
在一栋公寓楼避难时死去。
都认为在那里避难安全,却中弹倒塌。
没有人能够挖穿整块墙壁,
虽然后来几天都能听见敲打声和呻吟。

这样,一个名字丧失,永远地,无法追回,
她生命最后的几个小时无人得知,
时间把她置入上新世地层。
真正的敌人是概括化。
真正的敌人,所谓的历史
吸引人、恐吓人,全凭它的大数字。
不要相信。历史狡诈、反复无常,
像马克思告诉我们的,它不是反自然,
历史如果是女神,也是盲目的命运女神。
雅德维佳小姐的细小骷髅,她心脏
跳动的地点。我仅提出这一点
反驳所谓的必然性、法则和理论。

讲座五

耶稣基督起死回生。凡是相信这一点的人
行动都不应该像我们这样:
我们丧失了上下、左右、上天与深渊之分,
竭力地整天胡混,在汽车里,在卧床上,
男人和女人缠绵,女人缠住男人不放,
倒下又爬起,不嫌麻烦,摆好咖啡,
面包抹好黄油,一日开始,混到天黑。

又一年过去。到了互送礼物的时期。
圣诞树彩灯闪亮,花环,圣歌圣乐,
对我们长老派、天主教徒和路德教教徒,
坐在教堂座椅上和他人一起歌唱,
表示感谢我们大家又在一起,
对上帝的赠礼做出回应,现在,和永世。

我们欣喜,我们都得以豁免不幸:
书报报道制造不幸的国家,
不自由的人在国家偶像前下跪,不断念叨
国名,活着和死去,却不知自己不自由。

无论如何,我们总是有这本圣书,
里面有奇迹的符号、劝告和指导。
确实有不健康之处,与常识相悖,
但是这一切存在于沉默的大地,足矣。
这像是在山洞里温暖我们的火焰,
而在外面是寂然不动的繁星冷光。

神学家保持沉默。而哲学家
甚至不敢动问:"什么是真理?"
就这样,在两次大战之后,依然犹疑,
算是出于好意,却又不是全心全意,
虽然举步维艰,仍然怀有希望。现在让每个人
坦言:"起死回生?""我不知道他是否再生。"

讲座六

无限的历史在这一瞬间依然在延续,
此刻他在掰开面包,畅饮美酒。
他们出生,他们有各种欲望,他们死亡。
上帝啊,人多得无法想象!这怎么可能——
他们都活过,现在又都消亡?

女教师带引一小队五岁大班生
来到博物馆的大理石大厅。
安排他们坐在一张大绘画前面,
有礼貌的小男孩和小姑娘。
开始解说:钢盔、长剑、众神、
山峦、白云、老鹰、闪电。
她真有见识,他们第一次发现。
她细弱的嗓音、她女性的器官,
彩色连衣裙、雪花膏、细小装饰品
都获得了宽容。什么没有获得宽容?
没有知识,对无辜者漠不关心
会遭到报复,引发判决,如果
是我当法官。我不会,我不是法官。

大地悲惨的时刻会辉煌重演。
与此同时,现在,在这里,每天
面包都变成肉体,酒变成血。
那不可能的事,那不可忍受的事,
重新得到接受,而且得到承认。

当然,我慰问你们。也慰问自己。
感受不到多少慰问。树形的蜡烛架
承载绿色蜡烛。茶花盛开。
这也是真实的存在。话语杂沓声静息。
记忆关闭它昏暗的水域。
而那些人似乎在玻璃墙外面,观望,沉默无语。

伯克利　一九八五

彼 岸

(一九九一)

铁匠作坊

我喜欢用绳子拉动的风箱,
也许用手把,也许用踏板,已经记不清。
但是那鼓风,还有闪亮的火光!
还有钳子夹住火焰中的铁块

烧红、变软、要放在铁砧子上,
用锤子捶打,弯成马蹄铁,
投进水桶,冒出蒸汽,嘶嘶发响。
马匹捆好,要给它上马蹄铁,
它抖动鬃毛;河畔草地上堆放
犁头、棍子、车套,都要修理。

在入口,我赤脚踩着泥地,
这儿有热气冲来,我身后是白云。
我观看又观看。我听到了召唤:
一切俱在,你要不惜称赞。

伯克利 一九八九

亚当和夏娃

亚当和夏娃阅读一只猴子在洗澡的故事：
猴子模仿女主人跳进澡盆，
开始扭动水龙头：水太猛，太烫！
女主人跑来，披着浴衣，她两个乳房
又大又白，露出青色筋脉，抖动摇晃。
她救起了猴子，在梳妆台前落座，
呼唤侍女，到时候了，快去教堂。

亚当和夏娃把书放在双膝上，
阅读的不只是这些事情。
那些城堡！那些宫殿！那些高大的城市建筑！
落座高塔之间的巨大的机场！
他们对视微笑，
但是还在犹疑（你们会存在，你们会知道）
夏娃一只手伸向那个苹果。

伯克利　一九八九

傍　晚

月亮升起之前云朵低垂的时刻,
云朵在海水地平线上完全静止:
透明杏黄色亮光边缘灰青,
光亮渐暗、熄灭、僵冷成为灰红。

谁在观赏？那怀疑自己生存的人。
他在海滩散步,沉湎于记忆。
难以做到。他无法回归,像天上的浮云。
胸肺、五内、性事,不是我,与我无关。

面具、假发、短统靴,跟我来!
装扮我,把我送到华贵的舞台,
让我在片刻间相信,我依然存在!
啊赞歌,抒情诗,诗歌的写作,
用我的嘴歌唱,你若消失,我就灭亡!

就这样,他徐徐沉入黑夜,
海洋的帷幕。无论是初升的太阳,
还是升起的月亮都不能把他挽留。

夏威夷 一九八七

创　世

项目审批局的天神们哄堂大笑,
因为他们有一位设计出一个刺猬,
另外一位不甘示弱,画出女高音歌手:
睫毛、胸像、鬈发、层层叠叠的鬈发。

在能量充沛的海洋中热闹至极,
电流迸发、噼里啪啦。
元色颜料筒发出咕咕声,元画笔挥动,
附近窗外是几乎快要成形的星系的强大的呼啸,
是没有经历过乌云的清纯澄亮。

他们吹起海螺,在元空中跳跃,
在自己原型的王国,在七重天上。
大地几乎造就,河流闪光,
森林布满地面,每种造物
都在等待名称,惊雷在地平线上翻滚,
但牛羊在草丛中进食头也不抬。

城市出现,街道都很狭窄,
夜壶从窗口泼出废水,衣服晾出,
修好通往机场的道路,
十字路口的纪念碑、公园、运动场,
成千上万人站起来欢呼:进球!

发现长度、宽度、高度,
二二得四和万有引力,
这已经足够,却还有女裤,
有花边、河马和大嘴鸟的长喙、
备有锐利边齿的贞洁带、
锤头鲨、带面甲的头盔,
还有时间,划分未来和过去。

万物诞生,高歌颂扬。
听到歌声,莫扎特坐在钢琴前面
开始作曲,这乐曲早在他
诞生于萨尔茨堡之前就已存在。

但愿一切永世长存。一厢情愿。
一切都发光,过去像肥皂泡一样塌陷
伴随天神对凡人的留言:

"啊,浅薄的部落,怎能不可怜你们!
你们花花绿绿的破布,你们的舞蹈,
貌似豪放,实则不过是悲哀,
镜子里出现你们戴耳环的脸,

涂了睫毛膏的睫毛,染色的眼帘。
除了谈情说爱,其他一无所有!
防备深渊的能力多么虚弱!"

太阳东升,太阳西沉,
太阳东升,太阳西沉,
他们继续飞奔,飞奔。

伯克利　一九八八

林　奈

　　一七〇七年五月二十三日午夜一时出生，春天繁花似锦。
夜莺鸣啭，预示夏天来临。
　　　　　　　　　　　——摘自林奈①的传记

嫩绿的小叶。一只夜莺。回声。
早晨四点钟起床，跑向河边。
河面薄雾光滑，迎旭日初升。
大门拉开，马匹跑出。
燕子掠过，鱼儿跳出水波。
我们是否一开始就有过多
闪亮和呼唤、追逐和欢庆？
我们每日生活在欢歌和欢乐当中，
没有语言形容，只觉得万物过多。

---

① 卡尔·封·林奈（1707—1778），极为著名的瑞典植物学家，创造了生物命名系统，提出拉丁文双名法。

他是我们的一员,童年很幸福。
时常带着植物标本采集箱
收集,并且命名,像花园中的亚当,
亚当没及时完成工作就遭到驱赶。
自然界从此等待命名:
在乌普萨拉大学草地上,黄昏时候,
白色的舌唇兰发出芳香,他将其命名为二叶科,
鸫鸟在杉树中唱歌,它是不是"挪威硬核"①
这还是争论的对象。
一种活跃的小鸟笑对这位植物学家,
这是永恒的领岩鹨鸟②。

他设计了三个王国的系统:
动物界、植物界和矿物界,
又分成界、门、纲、目、科、属、种。
"你的创造何其多,啊,耶和华!"
他和诗篇作者一起歌唱。排列、数目、对称
处处显现,为赞扬它们奏起鼓乐,
拉起小提琴,配合拉丁文六音步诗歌。

从此有令人惊叹的语言:如同有了地图。
郁金香及其深色神秘的内心,
拉普兰的银莲花、水仙和鸢尾花。

---

① Turdus musicus,"挪威硬核"乐团,字面意义为"音乐鸫鸟",是乐团按双名法杜撰出来的拉丁文名称。中文译者的"挪威硬核"翻译也是杜撰。
② 原文是拉丁文,Troglodytes troglodytes L.。

纤细画笔忠实描绘出来
枝叶中的鸟雀,红褐色和深蓝色的,
永远不飞走,固着在纸页上,
伴有装饰的双名名称。
我们感激他。傍晚,在家里
我们观看色彩,借着绿纱罩
后面的煤油灯光。在那里,大地上
不可尽数、十分丰富,正在消失、正在消亡,
在这里我们喜爱、欣赏,没有损伤。

他在家园、橙园、花园
种植海外的珍奇植物,
祝愿得到平安和保护。
客船把他的学生送到
中国、日本、美洲、澳大利亚,
他们带回来厚赠:种子和画图。
在这个失去和谐的苦涩世纪,
我,一个漫游者,收集可见的形体,
十分羡慕他们,向他们致敬,
赠诗,模仿古典时代的赞歌。

伯克利　一九九〇

音　乐

一支笛子单薄的呻吟,一面小鼓。
一个很小的婚礼行列伴随这一对新人
走过村庄的街道,两边都是土屋。
新娘的婚纱有很多白色绸缎。
为缝制一生穿一次的新衣,得省吃俭用多年。
新郎衣装黑色,崭新,不十分合身。
笛子对山丘叙事,干旱的山丘是鹿皮的颜色。
母鸡在干燥的粪堆上乱刨。

没有亲眼目睹,听音乐我想象这一切。
乐器自己表达,凭借自己的永恒。
嘴唇鼓动,灵巧的手指拨动,时间短暂。
然后,欢乐大场面沉入大地,
但是乐声延续,自动响起,显示凯旋,
永远受到光顾:和它一起返回的
还有面颊温暖的接触、房屋的内部
和某一个别人的生活,
纪事对他们一点也没有提及。

化　身

在那个国家他曾是骑兵队军官。
在好人家做客,甚至拜访 P 伯爵夫人。
穿锃亮的皮靴,勤务兵送来早餐,
这小兵是小村庄来的麻利少年。
姑娘。那儿的姑娘比别处多,是很大的卫戍城镇。
她们有些独立生活,住出租间,
有些倚靠礼仪周全的妈咪,
妈咪在粉色灯罩下迎接和推荐
热情的韩尼亚、乳白色面容的莉蒂亚。
他的坐骑在检阅时候迈出舞步,铃声飞扬。
神甫在行列中行进,儿童撒出鲜花如雨。
那里有那里的生活。四季
给街道披上光明,又染上落叶的青铜颜色和雪白。
本地的农民,身披羊皮皮袄
扎上彩色羊毛腰带,脚蹬编织鞋,
绑着条带裹腿,展示他们的产品。
其他无事可说。他曾一度

在纪事书书页里生活,遇到不一样的风向,
在星宿不同的交织之中,虽然
是在同一个大地,据说大地是一位女神。

        伯克利 一九八八

阿努塞维奇先生

阿努塞维奇先生想要尼娜。为何？为什么？
他一喝醉,就呼号,就嚎啕大哭。
尼娜就大笑。他不是挺可笑?
肥壮、怕事、胆小、两只招风耳,
居然还能抖动,十足是一头大象。

深蓝色的云朵停滞在旧金山上面,
晚间我沿着灰熊峰驾车行驶,
金门桥外,太平洋海水亮光闪闪。

哎,我早已故去的亲友！哎！阿努塞维奇！哎,尼娜！
没有人记得你们,没有人知道你们。

阿努塞维奇在明斯克原来有地产,
明斯克落进布尔什维克之手,他迁居维尔诺。
年轻时候,母亲放任他放纵享乐,
和女歌星们鬼混,冒充来路不小,

常常发出俄语电报:"抵达有女士相伴
用三驾马车音乐和香槟酒迎接",
签字是"博布林斯基伯爵"。

女歌星。我似乎看见了她们缎子的衬裙、
带花边的黑色女裤。胸部太小,又太大。
对镜触摸而感到忧虑,月经迟来。
后来她们有人当军队护士,出现在医疗车厢窗口
(系在眉梢上的头巾标有红十字标记)。

尼娜不接受阿努塞维奇。你们看她现在。
她向左又向右摇摆,像一名水手。
整整一年都落座马背,穿骑兵军服。
待嫁的少女现在变成了这样的模样。

你在她身上发现了什么,阿努塞维奇先生,
像你这样浪漫?你装扮过伯爵,
肯定也把她拉进过你的想象。
当然你那两只可笑的耳朵
几乎是透明的,长着深红色筋脉
会抖动,你眼睛里似乎露出恐惧。

从前有一个阿努塞维奇。从前有一个尼娜。
从世界开始到终结,都只有一次。
虽然很迟,我现在请他们接受婚礼。
我周围都是身上有条纹、绿宝石眼睛的动物,

时尚杂志的淑女,消亡部落的萨满,
军队护士重又庄重,带着神秘的微笑,
出现在云朵中间,是来助兴和助力。

伯克利 一九八八

语文学

纪念康斯坦提·希尔维德,维尔诺耶稣会学院教授,一位立陶宛传教士,他在一六一二年出版了第一部立陶宛语—拉丁语—波兰语辞典。

他在快跑,轻轻撩起冬天斗篷的下摆。
袜子下面的踝骨,大雪和乌鸦。
他捕捉到了,找到。嘴里叨念着。一个语词。
儿童时期在故乡河边听说过它,
在灯心草丛中的船、小桥、榛树林附近,
木头盖的小房屋屋顶尖尖。
沿着学校拱形长廊他奔跑
到自己房间,用鹅毛笔把它
记录在拉丁语词汇的旁边。
他发出咳嗽声。火炉不断地冒烟。
耶稣会学校的房屋
在大街上鹤立鸡群,天使
由石膏和大理石做成,巴洛克风格。

腋下有汗迹,穿了几件上衣
几件外衣,盖住黝黑的腹部,
裤子,几代人穿过的裤子,坎肩,
马裤、斗篷、麻布衣贴近赤裸的皮肤!
风笛和小提琴,他们在草地上跳舞。
很多情人约会、抚摸和玩耍。
他们都知道同样的词汇,
虽然他们早已死去,词汇的使用延续;
似乎不是来自大地,不是来自深夜、躯体,
而是来自高高的飘渺的区域,
来访问他、她、老人和儿童,
他们遵守自己的规则,生格、予格,①
世世代代恪守介词的规则。②
我打开一本词典,我似乎是在召唤
隐藏在每页沉默符号里的灵魂,
我想象他的形象,一个情人,
减少生死有命的压迫。

---

① 波兰语中的生格是第二格,多表示所属;予格是第三格,表示接受给予。
② 波兰语中介词后面的名词及其形容词都必须按照要求变格。

然 而

然而,我们彼此是如此的酷似,
我们阳具和阴道都那么可悲。
心脏在恐惧和狂喜中激烈地跳动,
心中怀有希望、希望、希望、希望。

然而,我们彼此是如此的酷似,
连微风中伸腰的那些懒惰的长龙
也一定把我们看成兄弟姐妹
在阳光灿烂的花园里一起玩耍,
只有我们不知道,
我们都是自我封闭,各自独立,
不是在花园里,是在这苦涩的大地。

然而,我们彼此是如此的酷似,
连每一根草茎都有自己的命运,
院子里的每一只麻雀、每一只田鼠也一样。

婴儿要得名,叫扬奈克,或者泰雷萨,
生来享有长期的快乐,或者耻辱与痛苦,
只有一次,直到世界终结。

在耶鲁大学

一 谈 话

我们坐在一起饮酒,布罗茨基、温茨洛瓦
和他美丽的瑞典女友,我自己,理查德,
在艺术画廊附近,在世纪之末,
这个时机似乎从沉睡中苏醒
在惊奇中发问:"是怎么回事?
我们怎么可能?也许因为星座的组合,
太阳上的黑子?"
　　　　　——因为历史
不再能够理解。我们的物种
不再接受理性法则的指引,
它的本质的界限我们不知,
和你、和我,和单一的个人不同。

——所以在休假的时候,人人
都返回自己的爱好。他们
嗜好的口味和触觉。烹调大全,
完美性爱偏方,降低
胆固醇的原则范例,迅速
减肥的秘籍——他们需要这些。
看这个躯体(彩色杂志图片上的)
每天早晨沿着公园林荫道跑步,
对着镜子摸摸自己,测量体重,
Et ça bande et ça mouille——一言以蔽之。
这是我们吗?说的是我们?又是又不是。

——因为有独裁者之梦到来,
我们是否比他们轻浮之辈高明,
我们思考着惩罚,惩罚属于
一切过分热爱生活的人?
——他们不是那么轻浮,他们
在自己的庙堂里崇拜,死亡
已被艺术家的技艺征服,
在博物馆大厅里给他们带来安慰。

——崇拜艺术的时代重新到来。
众神名字都被遗忘,而高飞
飘上云端的是大师,神圣的凡·高、
马蒂斯、戈雅、塞尚、耶罗尼米斯·博斯,
还有那些名气较小的明星,新手的圈子。
如果频现照片、报刊和电视,

他们若下凡,会有什么可说?
在孤独作坊里渐渐浓重的夜晚何在?
那黑夜保护、改变了逃离世界的人。

——"一切形式"——波德莱尔说——
"甚至包括人所创造的形式,
都属于不朽。曾经有一位艺术家
既忠实又勤奋工作。他的画室
和他全部的绘画,都被烧光,
他也被枪决。没有人知道他。
但是他的画作保存了下来。在火焰的另一侧面。

——"当我们想到,有的事业完成
靠的是利用了我们,而感到些许不快。
形式完成,保存下来,但在那之前并不存在,
我们和它无关。其他人,以后数代人,
从中择取所需,接受它,或者摧毁它,
忘记真实的我们,只记下了姓名。

——"但是假如我们内心全都龌龊
和疯狂,耻辱,很多的耻辱,
没有被人忘记,我们是否会满足?
他们想要在我们身上找到更好的自己:
不是滑稽的缺陷,而是立碑纪念的缺点,
和不太令人反感的秘密。"

二 德·巴尔扎克先生

"听说,巴尔扎克(有谁不愿意毕恭毕敬地倾听关于这位天才作家的一切奇闻轶事呢,即使没有什么意义的?)站在一幅展现冬天的精致的绘画前,画面令人忧郁,厚厚的冰霜、某处的一座小屋和贫苦的农民——他仔细观看那座小屋,小屋烟囱里冒出一缕青烟,他呼喊:'太美了!但是,他们在这座小屋里做什么呢?想什么呢,有什么忧虑的事呢?肯定有些该缴的税到期了吧?'

"谁愿意笑巴尔扎克先生,就笑吧。我不知道这位画家是谁,他竟享有这份荣誉,感动了、惊动了、震撼了这位伟大作家的灵魂,但是我想,凭着他充满魅力的天真境界他给我们上了一堂评论课。在评论一幅绘画的时候,我常常赞扬一幅画,仅仅因为它给予我头脑理念和启发。"

夏尔·波德莱尔　一八五五年万国博览会

三　特　纳

耶鲁大学英国艺术中心——J. M. W. 特纳（一七七五至一八五一）："圣迈克尔城堡,邦纳维尔,萨沃伊,一八〇三。"

白云在山峦上方飘过,
这里的道路洒满阳光,阴影很长,
河堤低矮,像小桥一样,
是暖褐色,和城堡的塔楼相仿,
塔楼高耸,直下直上,
树木的后面,在灰暗的右方。
另外一个城堡在远处高地上,
一个小白点,在长满树木的山坡上,
山坡迤逦下到路旁和谷地的村庄,
那里有羊群、杨树、第三个
城堡,或者罗马式教堂高塔。
最重要的是,一个村姑
穿红色裙子、黑色胸衣、
白外套,提着东西（到河边洗衣？）
看不清面容,一个小点。
但是向那里行走,被画家看到,

于是永远留下来,
让画家实现自己的,
只对他展现出来的和谐:
黄色、蓝色和赤褐色三者。

四　康斯泰伯

耶鲁大学英国艺术中心——约翰·康斯泰伯(一七七六至一八三七):"瓦尔敦的青年人——斯特拉福德风磨,"约一八一九至一八二五。

真实的场面是,小河水浅水枯,
只有水磨堤坝下面水多一点,
足够吸引少年。他们的钓鱼竿
不怎么争气:树枝代替鱼竿,
站着的男孩拿在手里。其他人
懒散凝望着浮标。远处,小船上,
更小的男孩玩耍。如果水
是蓝色多好,但是英国的云团
总是混杂,预示天要下雨,
短促的晴朗是铅灰的颜色。
本应该是浪漫的,或者美丽如画。
然而这不是为了他们。我们可以
猜到他们打补丁的裤子和衣衫,
还有他们的理想:逃离农村。
希望能够如愿。我们承认

改变一切阴郁真实的权利
将其变成画布上的构图,内容
是空气。它的变化,跳跃,
云团队翻滚,漫游的光线。
没有一点畅游伊甸园的许诺。谁愿意住在这里?
让我们向画家致敬,他这样忠实于
坏天气,选择它,和它永远同在。

五　柯　罗

耶鲁大学画廊——让·巴普蒂斯特·柯罗（一七九六至一八七五）："拉罗舍尔的港口，"约一八五一。

他的名字是光线。他所看见的一切，
都顺服地带给他、贡献给他
自己没有激荡的内里、凝寂，
像清晨迷雾中的河流，
像黑色贝壳里的珍珠母。
这个海港也是这样，在午后时分
船帆沉睡，暑热，
我们来到这里，大概因醉酒趔趄，
解开衣衫的扣子，港口一丝微风，
在瞬间的掩饰下显示出明朗。
人细小的形体至今依然真实：
这儿有三个妇女，那边的一位
骑着一头毛驴，有一个滚木桶的男人，
马匹戴着辔头，很耐心。他曾在这里，
拿着调色板，呼唤、召集他们，

从辛劳穷苦的大地把他们
引进平和的美好境界。

拜内克图书馆

他逝世后的家在小城纽黑文,
一座白色房屋,墙壁
建造用晶莹的大理石,像玳瑁,
把浅黄色光线洒向一排排书籍、
肖像和胸像。他正是想要
决定居住在那里,因为他的骨灰
已经不再显示内容。虽然在这里
如果他能够触摸自己的手稿,
就会在惊奇中发现命运
巨大的变化,变为文字,再没有人会猜出
他到底是谁。他叛逆过,呼喊过,
忠实完成了预先设定的一切。
他从经验上发觉,他的传记
违反他的意志,被权贵细心编写,
和权贵真的很难结成盟友。
他做的坏事多还是好事多?
只有这一点重要。剩下的,艺术,

无足轻重,因为我们的后代都知道,
脉搏是否平稳、呼吸是否舒畅,
今天是否晴朗,粉红色的舌头
在小镜子里检查嘴唇深红色的唇膏。

蓟菜、荨麻

"蓟菜和高高的荨麻,还有童年的仇敌莨菪。"
——奥斯卡·米沃什《时间的模糊地带》

蓟菜、荨麻、牛蒡和莨菪,
前程远大。荒原属于它们,
锈蚀的铁轨,天空,宁静。

对于几代之后的人,我是谁?
高谈阔论之后,宁静成为奖掖。

我受到书写词语这一赠礼的救赎,
但是我必须为不懂语法的尘世做好准备。

蓟菜、荨麻、牛蒡和莨菪,
清风在上方吹过,云朵欲睡,宁静。

伯克利 一九八九

和　解

稍迟,他与自己和解,
认命的时刻到来。
"是的,"他说,
"我天生就是一名诗人,
而非其他。除此之外
我什么也不会,虽然羞愧,
也改变不了宿命的定理。"

诗人:一个不断想到其他事的人。
他时时走神,令同事、友人恼恨。
也许他甚至没有人之常情。

但是说到最后,怎么不是这样?
在人的多样性之中,也需要
变异,变体。我们去访问诗人,
在显得荒凉的近郊的一间小屋之中,

他养家兔,用草药泡酒,
在录音机上录制谜一般的诗作。

      伯克利　一九九〇

长住之地

坟墓之间的草皮茁壮浓绿,
从陡峭山坡看港外尽收眼底,
还有下面的岛屿和城市。夕阳
晶亮,渐渐褪色。黄昏时候
万物轻微跳动。一只母鹿和一只小鹿
在那里,每晚必到,享用、吃掉
悼念的人们带来献给故去至爱者的鲜花。

彼 岸

你也许想知道人到老年会怎么样?
关于那里的情况肯定所知无多,
非得等到抵达,却没有返回的权利。

一

我环顾四周。别人如果是这样,
我可以理解,但为什么是我?
和他们有什么共同之处?满脸皱纹,头发灰白,
拄着手杖迈步,没有人迎接他们。
也许一个女孩也这样看待我,
虽然我照镜子看自己却有所不同。

二

莫谈安宁。有人拉着我,违背我的意志,
惧怕等一会他离开我不管,

他每天都给世界添加色彩,
给肌肉涂油,让人把话语记录:
厄洛斯从来没有显得这样强力
一代代新人的世界显得这样永恒。

三

何谈安宁?那么多张脸,
他们活过又消失。"你们在哪里?"
我问,想记住
嘴唇、眼睑的形状和温热的触摸。
但每天记忆越来越倦怠。
所以,人啊,我自问,你想不再做梦?

四

死亡点滴来临的进程嘲弄我。
双腿无力、心悸、上山路难行。
除了我力不从心的躯体,
像在高山巢穴里,精神清醒。
但是哮喘把我百般羞辱,
掉头发、掉牙令我痛苦。

五

我获得智慧,饮晚收的葡萄酒,
关于他人的真实和自己的真实。

有时候感到绝望,其实不值。
如果没信心,有残疾,怎么办。
好也罢坏也罢——一生都过完,
宽恕的花园把大家都聚集。

六

我不愿意再度年轻,虽然羡慕。
年轻人甚至不知道自己多么幸运。
他们应该唱颂歌迎接日出,
每天创作一首歌中的歌。
但是我不能够摆脱自己,
我重又纠缠在我命运和基因里。
这样的艰难还是只遭受一次为好。

七

我访问迄今一无所知的地域,
学者们的巨著对它们只字不提。
千年古树的存活也只有一天,
一个蝴蝶在空中悬停到永远。
罗马小女孩在中庭闪现后消失,
在时间一个黑暗拐点,年月不知。
可笑的是他们被分成两个部落:
女人探索男人滑稽的耻辱行为,
男人探索女人滑稽的耻辱行为。
行人脚下是昔日的君王,枯干的昆虫。

只要叶兰斯基活着,弗里耶街就有名。
他说过:"我把你送到克利奥帕特拉的坟墓,"
指出:"就是这里,"我们在维维恩路止步。

(根据一则长盛不衰的巴黎传说,拿破仑从埃及带回克利奥帕特拉的木乃伊,不知道怎样处理为好,便下令埋葬在现今的维维恩路。[①])

八

Mavet, mors, mirtis, thanatos, smrt.[②]
就这样结束,事物的面目就是这样,
我习惯称之为"我的"之一切。
就这样结束,精神状态就是这样。
绝对的寒冷。我怎么迈过这道门槛?
我寻找什么对抗 smrt 最有力,
我认为,是音乐。巴洛克风格的音乐。

九

"啊,如果我请求的事都能实现,
我就奉献出我一半的生命!"
后来果然实现。后续却是痛苦和怜惜。
所以,停止请求,凡人!你们的话将得到听取。

---

① 据波兰语《米沃什诗歌全集》注。
② 分别为希伯来语、拉丁语、立陶宛语、希腊语和捷克语中的"死亡"一词。

十

你身后会留下诗歌。你是伟大的诗人。
——但是实际上我只经历过一次追逐。
当时农场鸡鸭唧唧嘎嘎声把我吵醒,
艳丽的太阳光呼唤我去奔跑,
一双赤脚,沿着还是黑色泥土的小路。
多年以后我还是同样每天清晨
起来,深知在我笔下的林莽和
荒野里会有许多的发现?
我要找到一个使得万物真实的核心,
永远希望找到它——就在明天。

十一

——你身后会留下诗歌。有些是传世之作。
也许是吧,但这不是有力的慰藉。
有谁能够想到,治疗痛苦唯一的妙药
竟会既苦涩,还不太有效。

十二

"我化装成一个肥胖的老太太行走,"
安娜·卡敏斯卡逝世前不久前写道。
是的,我知道。我们是高尚的火光
不能和泥制陶罐同一。让我们用她的手书写:

"我会慢慢脱离我的肉体。"

（两位十七岁的女孩诗人来访。
一位是她。都还是在校学生。
从卢布林来见大师。就是我。
在华沙的公寓楼见面，窗外是空地，
扬卡端上茶水。我们品尝点心。
我没提起附近空地是被处决者的墓地。）

十三

但愿我能够说出："我已经满足，
凡是今生可以体验的，我都体验过。"
但是我像一个怯懦的人拉开窗帘，
张望一场无法理解的漫长的盛宴。

伯克利　一九八八

阅读安娜·卡敏斯卡的笔记本

阅读她的笔记,我意识到她何等富有,我何等贫困。
她富有爱情、痛苦、哭泣、梦境和祷告。
她活在自己人之间,他们不太幸福但是互相支持,
生者和死者的和约联结他们,和约在墓地更新。
慰藉她的有绿草、野玫瑰、松树和马铃薯田地
以及自幼熟悉的田野芳香气味。
她不是杰出的诗人。但是这合情合理:
善良的诗人不容易学会艺术的花招。

青年时代

你不幸福的、愚蠢的青年时代。
你从外省乡下到大城市来。
电车沾满雾气的车窗玻璃,
众生人群显出焦躁不安的悲苦。
你进入太花钱的地方时感到胆怯。
一切都价格不菲。太奢侈。
那些人一定看出了你的土气,
过时的衣装和笨拙的动作。

没有一个人站在你旁边对你说:

你是帅哥,帅气大男孩,
你健康,又力大无比,
你的不幸全是臆想。

你不会羡慕身穿驼绒外套的男高音歌手,
如果你知道他的恐惧和他会怎样地死去。

她,你为红发的她忧心,痛苦不堪,
你觉得她美丽无比,她却是火中的玩偶,
你不明白,她用丑角的声音拼命呼吼。

宽边帽子的形状、衣装的样式、镜中的面容,
你不会记得清楚,像陈年的事迹,
或者梦境留下的点滴。

你在不安中走近房屋,
耀眼光鲜的公寓单元,
你看,吊车在清理瓦砾堆。

也轮到你享受、拥有、获得,
最后能够炫耀、实际上没有理由的自豪。

等到你的愿望都已经实现,你再追忆
浓烟和雾霭编织的过往岁月。

追忆珍珠色泽的一日生活,
起起伏伏像永恒的海面。

你读过的书不再有用,
你寻找答案,经历没有答案的生活。

你在南方光明大城市行走,
返回你早年住地,又在惊喜中
看到夜间落下的初雪在花园中的白色。

伯克利　一九九〇

共 有

什么好？大蒜好。当烤肉架上羊腿的配料。
饮酒同时,远望海湾里小船摇动的景色。
八月的天空布满亮星。休假,在一个山顶。

什么好？长时间驾车后有游泳池和桑拿浴。
做爱之后入睡,拥抱,和她大腿相互交接。
清晨的薄雾,透光,预示这一天阳光充沛。

我沉溺于我们生者共有的一切。
为他们在我体内感受经验的这一切。
在摩天楼和反教堂的模糊轮廓下踱步？
不如在美丽的、虽然遭受污染的河流山谷。

照 片

天下最难事
莫若写论文
探索一老人
细观旧照片。

为何观旧照
难以得知晓
老人何感触
难以解释好。

貌似很单纯：
往日之情人
正是在这里
问题露端倪。

彼若可触摸
真实又在场

容貌和衣装
美甲与秀发

如若一云团
如若河中水
她是否返回
非存在状态?

或者正相反
依然为实体
或曰久存在
独特而永恒?

学校课程里
讲生命同一
原生质植物
昆虫到人类。

一切生命物
更新与死灭
在共同家园
一无底深渊。

一切生命体
因而获同情
人类与动物
因此无区分。

又如何保存
至高之特权
只给予我们
长生无死限?

倾听神学家
谆谆给教导:
"我等必解体
实体必逃逸。"

老人复长思
目睹昔时照
一再回忆起
禅宗诗人语:

"我等复何物?
短命一圆球
包含水与土
火风与金木。"

复又不可解
老人对她语
全然有把握
她全听明白:

"啊主的女仆
你许配给我

我和你要生
十二个子女。

你为我祈求
信仰的恩惠
若无你关怀
我等弱无力。

现在你对我
乃时间秘密
抑或同一人
不变应万变。

雨后园中走
清凉湿气重
秀发扎丝带
彼岸是安居。

君见我致力
表述用言语
天下至要事
词却不达意。

你近在眼前
虽然一瞬间
仍至诚帮助
宽容一如前。"

持久的影子

那是在一个大城市,且不论在哪个国家,用哪种语言,
在很久以前(受到祝福的天赋:
从一件小事编织出一篇故事——
我在街道上、在汽车里记录,避免忘记)。
也许不是小事,夜晚咖啡馆客人拥挤,
每晚有一位著名女歌星献艺。
我和他人落座,烟云缭绕,碰杯声响。
领带、军官的军装、女人低开口胸衣,
那里民间的粗犷音乐,一定来自山区。
那歌声,她的嗓音,搏动颤抖的身躯,
经过漫长岁月都未曾忘记,
舞蹈的动作,头发的青黑,皮肤的白皙。
想象中她香水的气味。
后来我学会了什么,有什么发现?
万国、不同习俗、各种生活,都成为过去。
她和那个咖啡馆都已经毫无踪迹。
只有她的形影一直与我同在,脆弱、美丽。

二者必居其一

如果上帝化身为人，死去又从死亡复活，
人的全部努力都值得注意，
其程度取决于依赖于此事的多少，
亦即因为这一事件而获得意义。

应该想到这一点，日日夜夜，
每天，多年，思忖得越发深刻和强烈。
考虑最多的是人类历史的神圣，
我们每个行动都是它的一部分，
永远记录下来，不会湮灭。

因为我们的族类获得如此提升，
充当神甫该是我们的使命，
即使我们不是身穿神职衣装。
应该在公共场合展示对神的赞颂，
用语言、音乐、舞蹈和符号的每种。

※

如果基督教宣称的一切都是杜撰,
而学校教导我们的、
报刊和电视告诉我们的都是真实,
大地上生命的进化是偶然事件,
偶然事件还有人的存在,
人的历史既无来处也无去处,
我们的任务乃是从对于
无数代人的历史思考得出结论,
他们生生死死,都诓骗自己,
准备断绝自然的欲望无需理由,
等待死后的判决,每日战战兢兢
惧怕因为舔干净果酱遭受永恒的惩罚。

如果可怜的堕落的动物
竟能够产生荒唐的想象,
让空中充满发光的物体,
岩石深渊充斥了大群魔鬼,
这后果很严重,的的确确。

应该行走和宣讲,不停地
在每一步提示我们是谁:
我们自我欺瞒的能力无限,
凡深信某物者都是在犯错。

唯一值得尊敬的是对我们生命短促的抱怨,

185

我们全部眷恋和希望都只有一个终结。
就像我们要威胁冷漠的上天，
是我们做出最能彰显我辈特质的事情。

※

但是，决不！为何二者必居其一？
千百年来人和众神在一起生活。
提出祈求：要健康，要旅途顺利。

不是要经常思考耶稣是谁。
我们普通人怎能知道这秘密。
模仿虔诚的邻居已经足够，
每个星期天都拿出时间膜拜。

并非人人都领受神甫神职，
有些人祷告，有些人忏悔罪过。
遗憾的是他们的宣教永远都太枯燥，
似乎他们自己也不很明了。

让学者们描写生命的起源。
也许是真实，但是否为了人类？

白昼接替黑夜，树木迎春开花：
这样的发现肯定无害。

让我们不为死后的命运费心，

但是在人间努力寻求拯救，
尽一切可能努力行善，
宽恕芸芸众生之不够完善。阿门。

两首诗

下面这两首诗彼此对立。一首否定对于世世代代折磨神学家和哲学家思想的问题的探索,选定在加勒比海一个岛屿上的一个时刻来欣赏大地之美。另外一首则正好相反,表达出恼怒,因为诗人不愿意记忆,他们活着,似乎什么事也没有发生过,似乎恐怖根本就不在他们社会组织结构的表层下隐藏。

我自己知道,第一首中对世界的肯定本身隐藏了很多丑陋,而且这种肯定比表面上所显示的更具有讽刺意义。第二首中的歧义来自这一事实:愤怒比邀请参加哲学辩论是更有力量的刺激。姑且如此,这两首诗见证了我等矛盾,因为二者中的判断都是我做出的。

和让娜的谈话

让娜,我们不谈哲学,把它放下,
高谈阔论和论文够多,谁能承受。
我告诉过你我远走高飞的事情。
我不幸的生活没有再次令我气馁,
比起普通人的人生悲剧不好也不坏。

我们的争论已经绵延三十多年。
就像现在,在热带天空下这个海岛上面。
我们刚逃过大雨,刹那间又是赤日炎炎,
树叶的嫩绿闪烁晃眼,我不想多言。

我们淹没在冲浪线的泡沫之中,
我们向远处游去,奔向地平线,
那里香蕉林和小水磨般的棕榈林交汇。
我受到指责,说我没有达到自己著作的高度,
不严格要求自己,没遵从雅斯贝斯的教导,
我降低了对这个世纪无论什么见解的轻蔑。

我在波浪上摇曳,仰望着朵朵白云。

你说得对,让娜,我不善于关怀拯救自己的灵魂,
有些人受到召唤,有些人有能力自理。
我接受了一切,凡是我遇到的事,都是公正的。
我不追求智慧老年的尊严。
虽然难以表述,"现在"就是我的家园,
这个世界的万物,因为存在而令人欢欣:
女人的裸体,铜色锥形的丰乳,展现在沙滩上,
木槿、夹竹桃、红色水仙,目不暇接,
嘴里和唇舌品味番石榴汁、猕猴桃水,
有冰块和糖浆的朗姆酒,藤本春兰,
热带雨林中树木有高跷般的树根支撑。
你说你我的寿数终结越来越近,
我们受尽痛苦,苦涩的大地对我们是不够的。

菜园里显出紫黑色的泥土
就在这里,无论是否能够看见。
海水还像今天一样从深底呼吸,
我正消失在无限之中,变小,越加自由。

　　　　　　　　　　　　　　瓜达洛佩岛

诗论世纪末

一切都已经很好
罪恶的概念消失
大地都做好准备
享有普遍的和平
尽情消费和寻乐
没有信仰和空想

出自不明的原因
图书都把我包围
作者是先知神学家
还有贤哲和诗人
苦读中我寻求答案
常皱眉又做鬼脸
半夜里忽然惊醒
拂晓前嗫嚅不清

严重压抑我的事
是有点令人羞耻
若是公开来议论

不策略也不审慎
甚至有闹事之嫌
有损世人之康健

很遗憾我的记忆
还不想把我抛弃
生者活在记忆中
每人都有其苦痛
每人都有其死亡
遑论恐惧与惊慌

何以那里显得纯洁
尘世天堂之海滩
完美清澈天蔚蓝
卫生教堂在下边
是否竟因为彼岸
已在远古是从前

上帝言说也狡黠
聆听人神圣智者
阿拉伯故事说道：
"如果我对世人言
你是何等大罪人
他们不会颂扬你。"

虔诚人赶紧回答：
"我若不开导他们

你何等大慈大悲
他们未必在乎你。"

我该找谁去请教
遇到这黑暗世道
有痛苦还有罪恶
把这世界都搅糟，
既然在这尘世里
或者在高高神界
都没有力量消除
全部原因和结果

莫考虑也莫牢记
十字架上的死亡
虽然**他**每日死去
惟有他大爱无边
他绝对没有必要
同意和甚至允许
全部存在的一切
和剧痛铁钉共存

完全是静默如谜
繁复而难以理解
就此停止该话题
此非人世的话语
祝福心绪的欢乐
葡萄采摘和丰收

静谧安逸始来临
虽然不惠及每人

伯克利

蜘　蛛

蜘蛛沿细线下降到达浴缸之底，
尽最大努力在光滑白瓷面行走，
但是挣扎的细腿抓不住白瓷，
那平面在大自然中无处寻觅。
我不喜欢蜘蛛。对它怀有敌意。
看书知道蜘蛛的习惯，
觉得十分讨厌。在蜘蛛网上
我看到迅速的逃命，对落网
苍蝇的攻击，致命的毒针穿刺，
某些种类的剧毒，人也不能抵御。
现在我瞧着它，就让他留在那里。
没有放水，结束这不愉快的场面。
让它努力，给它一次机会。因为
我们，人，顶多能做到避免造成伤害。
不在蚂蚁行走的途径喷洒毒药。
拯救扑向灯火的傻气的飞蛾，
用窗玻璃把飞蛾和煤油灯隔开——

我有时写作时照明用灯。终于找到名称——
现在对自己说：思维的迟钝
令活物得到拯救。清醒的意识
能够接受每时每刻在大地上
同时发生的一切？
不要为害。停止食用鱼类和肉类。
遭受阉割，像大猫迪尼，对于
我们城市淹死的小猫，它是无罪的。

卡特里派教徒有道理：勿犯受孕之罪
（因为你会杀死种籽而受良知折磨，
或者为痛苦的生活负责）。

我的住宅有两个浴室。我把蜘蛛
留在不用的澡盆里，又开始工作，
制造不大的船只，让这些船只
比儿童时代的更好操纵速度更快，
便于在时间的界限之外航行。

第二天，我去探望我的蜘蛛。
死亡、蜷缩成闪亮白瓷上的一个黑点。

我在羡慕之中想到亚当的尊严，
树林和田野中的野兽来到他的面前，
收取他赐给的名称。他得到提升，
高于奔跑、飞翔和爬行的一切。

很久以前很遥远

大爱造成大悲。
　　　　——斯卡尔卡

一

纪事作者稍事休息,心跳得厉害。
这在纪事作者中少见,因为他们一般都已经死去。
他努力描写大地,全凭记忆,
比如说在大地上他的初恋,
对一个名字普通女孩的爱情;
他再也不会得到她的书信,
她顽强的生存令他惊异,
就好像她说话,他做听写。

那是在很久很久以前。
有一座城市很像一座教堂

其装饰性的塔楼直上青天,
高耸入云,从绿色山坡凸现。
我们在那座城市长大,彼此不识,
熟悉同一个传说:有地下河流
没有人见过,中世纪一座塔下
有一个教堂,还有神秘的通道,
从该城通往遥远的岛,
岛上湖水的中心是已成废墟的城堡。
每年春天,河流都给我们带来喜悦:
冰面碎裂,冰块漂流,小船应声而到
都油漆成蓝色和绿色的线条,
宏大的木筏行列向锯木厂漂去。

四月阳光下我们走进人群。
期待不很大胆,无以名状。
只有现在,"他爱我、他不爱我"
都完成,而天真可笑和悲伤
都密不可分,我和这些少年少女
相处打成一片,告别,
我才理解他们多么热爱这个城市,
他们没有意识到,这眷恋将延续一生。
丧失祖国是他们的命运,
寻找纪念物、标志——能永久保存的物品。

我想要赠给她礼物,考虑这样的选择:
把她列入建筑的许多梦境之中,
圣安娜、贝尔纳、圣约翰
和传教士们于上天相遇的地点。

二

在一股泡菜气味中,山坡上
一条小路向下伸延到接骨木和茅草丛
直到一个不大的湖泊,阳光下的蜂箱。
我们森林故土上布满不变的蜜蜂
在我们遭到危难的时候依然工作。

她行动迅速。高声呼喊:"赶快!
马上走!"她们抱起孩子飞跑,
跳出家门,沿着小路,经过接骨木进入沼泽。
士兵钻出白桦林,正在包围住宅,
载重车留在森林里,避免把老百姓吓坏。
"他们没有想到把狗放出来,
那狗自然会把他们带引到我们这里。"
我们的家乡就这样沦陷,虽然
有柳树枝条、苔藓和迷迭香保卫。
长长的列车东去,开赴亚洲,
带着那些深知一去不复返人们的感叹。

蜜蜂沉重地返回储蜜室,

白云缓缓移动,倒映在湖水中。
我们的遗产被交给我们不认识的人。
他们是否器重蜂房、露台前的金莲花、
锄过草的田垄和果实压弯的苹果树冠?

三

噢是的。那家饭店叫"静膳斋"。
我怎么能忘记？这意思是
我不想记住吗？这个城市进入
梦境般的蜕变，漫长的季节，
人的形象难以设想。几乎、
几乎无法追忆。在我的诗里，为何
少见自传情节？何以出现这样的念头：
像隐瞒疾病似的隐藏一己的情况？
当时我在"静膳斋"还是一个
天之骄子、大学生和军官老爷，
招待员小子马切尤尼奥毕恭毕敬
送来伏特加，瓶装，冰块冷藏，
挂着水珠；他俨然成了大人
感到骄傲，如同你出身名门大户。
当时的欧洲沼泽遍地、松林繁盛，
沙土大路上马拉大车嘎嘎作响。
招待员小子马切尤尼奥穿梭客桌忙碌。
后来他学会了告密？还是也
被关进西伯利亚一条河边的古拉格？

四

国家及其事务是何等复杂愚蠢。
我不该操心,可是还得操心。
因为含辛茹苦的是人民。

我住在这儿,人人都在做买卖经商,
每时每刻,不论白天和黑夜。
在弥漫淡蓝色的灯光大厅里他们堆放
来自五大洲的珍奇水果,
来自西方和东方的鲜鱼和鲜肉,
反季节的蜗牛和厚壳牡蛎,
在闷热潮湿谷地酿制的美酒。

我不反对商店橱窗摆出波利尼西亚假人模特,
低廉费用可以得到的少女陪酒服务。
如果反对,就保持缄默,不惹是非。

我不是大城市人。来自偏僻的外地,
一个遥远的大陆,
在那里学习领略了国家的本质。

晚间,在河畔,我们都参加合唱。
我们居住在沼泽地以远,森林后面,
距离最近火车站三十公里之远。
在庄园里、庭院里、村庄和农舍。
我们唱歌,控诉种种的区别:
这是自己的,那是别人的,这是贫穷,那是豪富,
这里在耕地,那里做生意,这里是美德,那里是罪孽。
这里忠实于祖宗,那里是背叛,
最恶劣的是有人变卖自己的森林。
几百年的高大橡树轰然倒下,
雷鸣般的回声,大地连连颤抖。
接着,通向我们教区教堂的道路
不再是穿过阴影、踏着鸟雀的歌声,
而是通过空旷和寂静的林中空地——
这是对于我们一切损失的预示。
我们祈求神迹圣母的保护,
用拉丁文圣歌伴随管风琴的乐声。
我们一代又一代人都反对国家,
它不能靠威胁或者惩罚来征服我们。
直到世间出现完美的国家。

国家是完美的,就是要剥夺
每一个人的姓名、性别、衣服、习俗,
在拂晓时分把因惧怕而昏晕的人们
引向人所不知的草原、荒野,
以便展现国家的力量;
人们在肮脏污秽中跋涉,

忍受饥饿、惨遭屈辱,放弃自己的权利。
我们从中理解了什么？什么也没有。
后来我们当中没有一个人
向世界叙述这个新的知识。
世纪过去,记忆消失。再也找不到
求助的文字,只剩下没有十字架的坟墓。

继承者

青年人,你听,也许你愿意听一听。
正午。蟋蟀为我们鸣唱,像一百年以前一样。
白云飘过,它的阴影跟随,
河水闪烁。你的赤身裸体,
你不懂的语言回声在空中徘徊,
我们的语言对你说话,你,入侵者温和
无罪的儿女。你不知道这儿以往的事。
你不寻找以往的信仰和希望,
你路过被砸碎石板和上面破碎的姓名。
但是这阳光下的河水,菖蒲的香味,
同样的发现事物的欣喜
把我们结合在一起。你会重又
找到他们想要永久驱逐的神圣。
它会返回,再生,目不可见,
微弱、崇敬、羞怯、无名,
但是无畏。在我们的绝望之后,

是你最热的血液,求知的眼睛。
继承人啊。我们已经可以远走高飞。
你听,再听,回声。微弱,越来越轻。

摘 杏

只有下面海湾低矮的上空
小朵白云在阳光中快速飘动,
在蔚蓝色背景上山峦显得灰蓝,
挂满果实的杏树呈现出深绿,
闪现出黄色和红色,令人想起
希腊金苹果园或者天堂里的苹果。
我伸手摘杏,却突然感受到临在。
于是放下篮子,说道:"真可惜,
你走了,不能看到这些黄杏,
而我在这里享受生活,有点不配。"

评论
遗憾,我没有说出本应该说的话。
我把雾霭和混乱付诸蒸馏。
存在与非存在的那个王国
一向与我同在,发出呼唤
千百次的呼吁、呼喊、怨言,

我向她发声,而她很可能是
那支合唱队的一位指挥。
只发生一次的事不会留在语言之中。
国家消失,同时还有城市和环境。
没有人得以再看见她的面容。
而形象本身永远是不忠实的形影。

沉 思

"一段被怜悯、愤怒和孤独耗尽的旧情。"
——奥斯卡·米沃什

主啊,世人都赞颂你,但是很可能理解错谬。
你不是王位上的君主,尘世的人们
向你祷告、烧香,氤氲缕缕,向你飘升。
他们想象中的宝座是空的,你时时苦笑,
看到他们向你朝拜,提出希望
保护庄稼避开冰雹,身体不染百病。
拯救他们免遭瘟疫、饥饿、火灾和战争。
你漫游,在看不见的水边宿营,黑暗中握紧火光,
在火光旁边,你沉思,连连地摇头。
你很愿意帮助他们,成功了,就十分高兴。
你同情他们,原谅他们的错误。
他们的虚伪——他们是知道的,却佯装不知,
原谅他们在教堂聚会的种种丑态。
主啊,我心中充满敬佩,想要和你交谈,

因为我想你理解我,虽然我显出种种矛盾。
似乎我现在才醒悟爱他人是什么意思,
为什么此中妨碍我们的是孤独、怜悯和愤怒。
强烈地、持续地对一个生命的思考就足够。
例如一个女人的生平,像我这样思考,
就能彰显出那些弱势人群的伟大,
他们真诚、勇敢,耐心,直到最后。
除了这样沉思一切,我所能无多,
站在你面前,祷告中向你顶礼
为了他们的勇敢请求:允许我们赞美你。

伯克利　一九九〇

沙　滩

海水撞在沙滩上破碎,我倾听它的呼啸,闭上了眼睛。

在这里,欧洲的海岸上,正值盛夏,在本世纪两次大战之后。

几代新人的前额都显得清白,但是有标记。

人群中常有某一张脸酷似破坏者之一。

但愿他出生得早一些,但是他不知道。

他被选中,像他父亲,虽然没有服役。

在我眼帘下面,我保存他们永远年轻的城市。

他们音乐的吵闹,滚石的噪声,我在探索我思想的核心。

这是某种不能表达之物,每天重复的"啊,是的"——

不能追回的、冷漠的、永恒的消失?

是惋惜和愤怒,因为在狂喜、失望和希望之后,酷似众神的存在物被忘却吞噬?

在大海的喧嚣和寂静之中,不能听到关于划分正义者和阴险者的消息?

或者,追逐我的是在天空之下生活一天、一小时、一瞬间之活物的形象?

如此之多,而战败后的和平,我的诗歌保存得却如此之少?

或者可能我只听见自己的嗫嚅:"尾声,尾声"?

我青年时期预言的实现,但是不同于一些人设想的方式。

清晨返回,花园清爽中一只可爱的手采摘花卉。

一群鸽子在山谷翱翔。转弯、变换颜色、沿着山峦远飞。

平凡日子相同的辉煌,罐子里的牛奶和鲜嫩的樱桃。

但是,在下面,在生存的微末之处,就像在森林的枯树枝下,它藏匿、蠕动。

细小生物敏锐的恐惧识得,它是铁石心肠的、铁灰色的虚无。

※

我睁开眼睛,一个皮球飞过,一道波浪上一个红帆倾斜,炽热阳光中一点蓝色。

就在我面前,一个男孩用脚掌试探水面,我突然注意到,他和他人不一样。

不是残疾人,却有残疾人的动作,一个智力发育迟缓的少年。

他父亲照料他,一个中年美男,坐在一块石头上。

对于他人之不幸的感知穿透我心灵,想到他们,我开始领悟。

在这个昏暗的百年中我们共同的命运,和更为真实的、无声的同情感,虽然我还不愿意承认。

故地重游

到了老年,我访问了很久以前、早年青春岁月终日逍遥的地方。

依然辨别出气味、后冰河时期山峦的线条和椭圆形的湖泊。

我强行穿过杂草,那里原来是公园,现在找不到林荫路的痕迹。

伫立在湖边水上,波浪轻微闪亮,和当时一样,我和以往一样,莫名,莫名不同。

但是,我不反驳你,不幸的少年,也不说你痛苦的原因愚蠢。

对谁突然揭示存在的无情真实,他都要问:这怎么可能?

这样的世界秩序,怎么可能,除非是残酷的恶神制造?

成年人冷漠的知识不值得敬重,狡猾中达成的协约带来耻辱。

我们敬重反对坚不可摧律法的抗议,敬重青年手里的手枪,因为他们永远拒绝同流合污。

于是——不就是这样吗?——一个女人的手蒙住我们的眼睛,送来了礼物,她胸部褐色的盾牌,小腹部一撮黑绒毛。

心跳加速!这样的欣喜只给我吗?没有人知道,谁也猜测不到她肉体的黄金般美妙。

只是给你——我点头,望着湖水——只是给你,数千年如许,为了颂扬大地的美丽。

到如今,漫长大半生过后,学会狡黠的正义,因探索而生智慧,我要发问:一切是否值得。

做好事的同时,我们也做坏事,平衡而均等,不过是盲目地实现了命定预期。

空旷无人,感觉不到受惊动的鬼魂游动,只有微风吹弯柳树梢,我不能告诉她:你快看啊。

我好歹一路走了过去,心中充满谢意,因为我没有投身力所不及的尝试,但是我依然认为,人的灵魂属于反世界。

哪个真实呢?因为这个是真实的、可怕的、荒唐的、毫无意义的。

我继续劳作,选择它的对立面:完美的、超越混乱和一瞬的自然,在时间的另一边的、不变的花园。

无 题

夏威夷的宽大手指样的羊齿草
在阳光下观赏,我在喜悦中
想到,我不在时,这草叶还在,
我想领悟,这欣悦中有何种意蕴。

夏威夷 一九九八

晚　安

没有义务。我无须表述深刻。
在艺术上,我无须做到完美。
或者崇高。或者有新见地。
我随意漫步。我说:"你在跑步,
很好。正是跑步的时间。"

现在各个天体的音乐在改变我。
我的行星进入另外一种系统的符号。
树木和草坪和以往不同。
哲学一派一派都死亡。
一切都轻巧,难懂其奥妙。
酱汁、贮存多年的美酒、烤肉。
我们谈论几句地区的集市,
马车旅行中车后面灰尘滚滚,
河流原来的样子,菖蒲的气味。
这比探究自己的梦想得体。

不知不觉中它到来。在这里,形影皆无。
猜不透怎么来的,它无处不在。
让别人操心吧。我得逃学了。

Buena notte. Ciao. Farewell.[1]

---

[1] 分别为意大利语、意大利语、英语,意为:晚安。再见。后会有期。

十二月一日

这个季节,葡萄园地带一片褐色、深红色。
肥沃平原上方有远山蓝色的轮廓。
太阳落山之前温暖,阴影中凉气返回。
强度桑拿浴之后,在树丛中泳池游泳。
深绿色红松,透明浅色叶子的白桦,
在桦树丛的细密网中,细细的月牙。
我描写此景,因为怀疑哲学
可见的世界是哲学之后留下的一切。

伯克利　一九九〇

但　丁

一无所有,没有土地,没有深水,
周而复始的一年四季。
人人都有各自的命运,
各奔前程,经历悲欢离合,
走进如同星云的尘埃。
分子机器的自动工作,准确无误。
哥伦比亚百合开花呈虎皮花纹,
片刻之后收缩成为黏性的球团。
大树向上生长,挺拔参天。

炼金术士阿利盖里,远远地
脱离你的和谐的竟是疯狂的后续,
我崇敬的宇宙在其中消失,
但是宇宙不识不朽的灵魂,
专注于没有人存在的屏幕。

彩色的便鞋、华丽丝带、戒指

依然在阿尔诺河桥上出售。
我挑选礼物,为泰奥多拉、
艾尔维拉、茱莉亚,还有谁的名字,
和她睡过觉,下过象棋玩耍。
在洗澡间,我坐在浴缸的边缘,
望着她在淡绿色清水中的躯体。
不是看她,是在看脱离了我们的裸体,
它游离开来,躯体不再是我们自己。

理念、词汇、情绪离开了我们,
似乎我们的祖先是另外的物种。
创作情歌,还有婚庆歌曲
和庄严的音乐越来越不容易。

就像对于你,只有这一事依然真实,
La concreata e perpetua sete
(这与生俱来的恒定的欲望),
Del deiformo regno(属于神性的领域),
领域或者王国。因为那里是我的家园。
对此没有办法。我祈求光明,
祈求 L'etterna margarita(永恒珍珠的内核)。

伯克利 一九九〇

意 义

我死去的时候,会看见世界的衬里。
另一面,在鸟雀、青山和夕阳之外。
等待破解的真正的意义。
没有猜透的事物必将猜透。
不理解的事物必将理解。

如果世界没有衬里该如何?
如果树枝摇动并不是征兆,
只是摇动一下而已呢?如果日夜
交替,却不在乎其中有什么涵义,
除了这片大地,大地别无一物?

即使如此,也会有言语留下,
这里,生命短暂的嘴唤醒词语,
言语奔流不息,不懈的使者
在星际的田野,在旋转的星系
发出抗议、呼吁和呼唤。

伯克利 一九八八

卡 佳

两匹马拉的大车上面用榛子树枝支撑了防雨油布,我们就这样地旅行两三天,而我一双眼睛凝望着外面,好奇心切。特别是在我们走出耕地森林平原之后进入丘陵地和许多湖泊的地区的时候;关于这些湖泊,我后来才得知是早在冰川时期形成的。那个地区向我揭示了某种完全没有名称的事物,而在今天,我也许可以称之为人在大地上从事的安宁的农业:农村的炊烟、从牧场返回的牛羊、收割燕麦和再生草的收割机、岸边这里那里的小船被波浪晃动。不是说这样的情况在别处没有,但是在这里,这一切浓缩为日常生活的一个封闭的、日常的礼仪和劳作的区域。

晚间,湖边一家农庄接待了我们,十分热情。我的记忆止于返回边界,却不能穿过它,那个地方的名称和主人的姓氏再也回忆不起来,除了卡佳的名字,我凝望了这个小姑娘,想起了她的什么事,虽然她的面容已经不记得,只记得她戴了一条水手的蓝色领巾。

后来的事情出乎意料,卡佳,或者另外一个女孩,完全不认识的,有好几年伴随我们,我们常常问她遇到了什么事。因为归根结底,我们对她十分注意,能够把她抚养大,以此识得她对于我们变得很重要,但是没有丝毫感情的因素掺进我们的想象力。这是对于一位同时代人的思索,她无法选择地点和时间,诞生在这样的而不是那样的家庭里。毫无其他办法,我把她投进从那一时刻起所发生的一切事变之中,亦即,这一百年的、国家的、那个地区的历史。让我们假定:她出嫁了,有一个孩子,被遣送到亚洲,饥饿,身上长了虱子,竭尽一切努力拯救自己和孩子,干粗活重活,不断发现这样一种生存的维度,关于这种维度,还是不说为好,因为与我们关于尊严和道德的概念丝毫没有共同之处。让我们假定:她得知丈夫在古拉格劳改营死了,她到了伊朗,又有过两任丈夫,前后在非洲、英国、美国居住。而儿童时代那个湖畔之家一直在她的梦境中陪伴着她。当然,在我的想象中,我设想我和她作为成人会见的地点和日子(实际上从来没有实现),也许我们的浪漫故事,她的裸体,她的十有八九是黑色的头发,我们二人基本的相似:血液、语言、习俗等。我们想象得很多的是把人们分开的都是什么,认真地说,我俩也许可能结婚的,很好啊,而我们的生平在人们的记忆中会褪色——就像现在正在褪色那样,她实际上有怎样的感触、有什么心思,我是不知道的,也就无法描写了。

哲学家之家

在思考前辈的记述的同时,他知道,自己进入了理性思考的年龄。在人们说血液流动得比较缓慢、欲望与愤怒爆发得越来越少见、接受自己的生存而免去空洞的懊悔之时,这才到了摆脱我们同时代人种种礼俗的时候。他觉得他们的判断可笑,没有什么根据,是凭借着时尚或者动物的体温来重复的。他们的伟人之大名失去了天鹅绒般的华丽,这种华丽要求信赖他们的功绩的持久意义。评价甚高的著作在诚心阅读的时候不太可能掩蔽其缺陷,并且时时显露出其平庸。

在许多幻觉消散之后,他的头脑更急切地投入在现象当中的旅行,或者说,在借助于感觉而呈现出来的全部的事物当中的旅行。汽车车门啪的一声关闭,一个披着绿斗篷的女人快步奔走上楼梯;神道教神庙露台上点着的还愿的蜡烛,酒吧调酒师向戴着褶皱帽子的男人递去一杯酒;一个女人被针刺一下"嗷"地喊一声;在花店里,售货员的手扎成花束的时候剪去花茎末端;皮包骨头瘦的狗在弥漫工厂烟尘、垃圾满地的城郊;大都会不同颜色的汽车通道;地铁通道里无家可归的人伸出的脚。全部存在的或者可能存在的情况和巧合,全部的"因为"、"如果不"和"但愿"。还有就是数不胜数的理论、主题、信仰、假设、呼吁、坦言——见于雄辩的讲演和书面语言的文字。头脑惊叹岸边溢满流出的多样性:它滑进了威尼斯十人会的秘密会议,进入一个十字军的帐篷,凝望了一个睡眠女人的脸,飞越掠过一个岛屿的高地,在那里,我们的食人族兄弟正在表演歌舞。

共时的多样性,在世界存在的每一分钟和每一秒钟,但是还有另外一种的历时的多样性,它跨越一年、一个世纪、千年、百万年、亿万年。所到之处,头脑都是得允自由旅行的,它轻盈、没有形体,在还没有人出现的世界上方翱翔,观看火山的爆发和恐龙的牧场。

在思考思维的特权之同时,令他感到惊奇的是思维不同于躯体,躯体会死亡,还有就是思维的贪婪,永远不会满足。因为它越是想要收取,避免了它的那些东西就越成长壮大。从追求与获得之间的落差中形成了哲学家所怀有的敬畏,至少是他愿意归属的那一派的哲学家。

他问,形式的不可思议多样性,这样的景象——形式的每一种都出现在特定的一个只适合于它的时间点——这是可能的吗?这样的令人屏气凝神的景象不是为任何人演示——这是可能的吗?思维因为具有一种对于细节的永不减缓的欲求,难道它不凭借这一点表现出它与某种绝对精神、与呈现在空间一时间的每一瞬间见证者的亲缘关系吗?的确,这个剧场必定有一个观看者,虽然演员没有意识到他,就像一片草叶意识不到观看它的人的眼睛。让我们重复现在比其他任何时候都更重要的格言吧:*esse is percipi*——存在就是被观察。

评论

哲学家们有一种有别于普通人的时间量度。他们和柏拉图交谈，倾听托马斯·阿奎纳的论证，访问斯宾诺莎的书房。但是，在《哲学家之家》中谈话的这位哲学家首先由在二十世纪他周围的一切形成的。不难看出，他对形象的嗜好和电影摄像镜头有共同之处，而且他大概常常是坐在一个屏幕前面实现旅行的。这个摄影机不仅提供给他在世界不同国家拍的图片，还潜入大海深处、星际空间，甚至到达其他的行星。无论他转向哪里，他都看到人的照片，背景是农业地区或者城镇，捕捉到他们劳动和闲暇、爱情和打仗的时刻，并且保存下来。偷窥他们赤裸的肉体——健康的、优美的、老迈的、病态的、忍饥挨饿的、因创伤而忍受痛苦的、体育赛事上得奖的。他肯定也喜欢色情照片和影片，这些影视作品把我们个人的特征化为普遍流行的活动——其滑稽程度无与伦比。

还有书籍——毫无疑问，他看到的那类书是他已往先驱者们谁也看不到的。这些书籍描写和图示了古代中国、古代埃及、希腊、波利尼西亚群岛的生活。他逐渐熟悉了各式各样储存酒类的陶罐、各种类型的船帆、嫁衣的色彩、制造攻城机械和制作给眼睑涂彩色小刷子银质把柄的艺术。我们这一物种的历史，经过重新阅读后展现在他面前：阅读拼接图的残余部分、死者在宁静和不受干扰情况下长眠三千年的坟墓中的遗物、新发现的诗歌——其作者的名字将永远不为人知。或者，他对所谓的活的自然不断增长的变化性感到诧异，而千年以前的自然景象已经为进化论理论狂热分子所描写。

从他的话里我们可以推论，他参观过很多博物馆和画廊，在那里，一个艺术家的手能够阻拦一个年份、某一天、一个瞬间，而他所触及的一切都是在很久以前发生的。我们可能会怀疑他有在画廊闲逛的习惯,在他的谈论中猜到他具有收藏家、大博物馆馆长对所见展品的种种隐蔽的热情。

因此,匪夷所思的是,二十世纪把哲学家引向全视之眼的理念(我们记得一个三角形里的眼睛),这是一个普遍的见证人的眼睛,甚至是——有谁确知——宇宙的超级馆长的眼睛,或者一个绝对完美的摄影机所有者的眼睛,因为它指向一切。即使旧时的哲学家不断思考上帝的全能,除了徒劳地求解天意之谜,他们之中还没有人选择以我们被技术强化的头脑之某些特征为出发点。他们要把最高者人性化,赋予他人的情感和人的意志,但是他们永远没有尝试强加给他一个摄影记者的激情狂热。

图书在版编目(CIP)数据

故土追忆/(波)米沃什著;杨德友译.—上海:
上海译文出版社,2018.7 (2018.10重印)
(米沃什诗集;Ⅲ)
书名原文:New and Collected Poems 1931-2001
ISBN 978-7-5327-7548-4

Ⅰ.①故… Ⅱ.①米… ②杨… Ⅲ.①诗集—波兰—
现代 Ⅳ.① I513.25

中国版本图书馆 CIP 数据核字(2017)第 153159 号

Czeslaw Milosz
New and Collected Poems 1931-2001
Copyright © 1988, 1991, 1995, 2001, Czeslaw Milosz Royalties Inc.
Simplified Chinese edition © 2018 by Shanghai Translation Publishing House
All rights reserved

图字:09-2013-104 号

故土追忆:米沃什诗集Ⅲ　　Czeslaw Milosz　　　　　出版统筹　赵武平
New and Collected Poems　　[波兰]切斯瓦夫·米沃什 著　责任编辑　陈飞雪　邹欢
1931-2001　　　　　　　　 杨德友 译　　　　　　　　装帧设计　陆智昌

上海译文出版社有限公司出版、发行
网址:www.yiwen.com.cn
200001 上海福建中路 193 号 www.ewen.co
江阴金马印刷有限公司印刷

开本 890×1240　1/32　印张 7.5　插页 6　字数 51,000
2018 年 7 月第 1 版　2018 年 10 月第 2 次印刷

ISBN 978-7-5327-7548-4/I·4617
定价:45.00 元

本书版权归本社独家所有,非经本社同意不得转载、摘编或复制
如有质量问题,请与承印厂质量科联系。T:0510-86683980